戲劇館

戲 劇 館
記得香港

作者──汪其楣
主編──吳興文
責任編輯──陳懿文・沈斐文

發行人──王榮文
出版發行──遠流出版事業股份有限公司
臺北市汀州路 3 段 184 號 7 樓之 5
郵撥／0189456-1
電話／2365-1212　傳真／2365-7979
香港發行──遠流(香港)出版公司
香港北角英皇道 310 號雲華大廈 4 樓 505 室
電話／2508-9048　傳真／2503-3258
香港售價／港幣 67 元

法律顧問──王秀哲律師・董安丹律師
著作權顧問──蕭雄淋律師

2000 年 3 月 16 日　初版一刷
行政院新聞局局版臺業字第 1295 號
售價新台幣 200 元(缺頁或破損的書,請寄回更換)

YL*ib*
遠流博識網
http://www.ylib.com.tw　E-mail:ylib@yuanliou.ylib.com.tw

記得
香港

汪其楣——

著

定場詩——為戲劇館揭幕

戲劇閱讀的時代來臨了。

人類的想像力透過文字，成為呼風喚雨的語言，成為激盪心靈的場景，成為情緒綿延、思質起伏、不易言喻的，感性上的認知。

觀劇的即時性、臨場感，相對於私密閱讀的無遠弗屆、不限時空。與眾同歡共泣的集體行為，相對於在一己的當下，就形成最小單位之劇場的恣意與精準，不僅在今日的都市生活中互補並存，而且造成分享熱鬧與探索門道之間更為雋永的循環。

戲劇既是一個高度發展的現代社會中最成熟的表達方式，戲劇亦被視為學習行為中最自然有效的摹擬、感染與散播。台灣戲劇活動頻繁，成為不可忽視的文化動力，各年齡、各階層對舞台演出有無盡的興趣與嚮往，許多人透過劇場這樣的藝術與紀律，凝聚了集體的心靈，展現了個體獨特的才華，迸發了性情深層的創造力，在舊有制度和觀念的重重障礙下，台灣劇場的創作，仍然有令人亮眼心動的表現。這樣的創作人才和創作影響值得鼓勵和累積，而未來人文藝術永續發展中對於戲劇

資源與教材的渴求，更使遠流責無旁貸地負起開設戲劇館的使命。

目前以出版台灣各劇種的創作為主，外來作品為輔。戲劇文學，演出圖譜、記實，劇場各項設計及聲光圖、文錄，表、導演思維與實踐的闡述探討，劇場相關藝術與製作的原理、方法及科技種種，都是館裡的戲碼。

戲劇觀眾及讀者將在劇場及網路內外滋生、互動，戲劇藝術家和劇場工作者，在戲劇館內外也有更大的空間和不同的表達機會，透過不斷的搬演與閱讀，甚至殊途另類的再製作、再發揮，屬於大眾的戲劇館，提供藝術經驗多元的流通與薪傳的未來。

戲劇開館，精采可期。作為出版者，在此為您提綱挈領、暗示劇情，一如傳統戲曲的演員粉墨登場之時，先吟唱一曲定場詩詞，與觀眾一同期待所推出連臺好戲的無限興味。

記得香港

歷史會記得你，

但人類是健忘的。

呵！我的永遠的蝴蝶

■ 施叔青

我的《香港三部曲》從香港寫到台北，屈指一算，從《她名叫蝴蝶》到接近尾聲的《寂寞雲園》，前後歷時八年，我的漫長的八年抗戰！

在距離「九七」大限不到一個半月時，藝術學院戲劇系九七公演《記得香港》舞台劇，是由老友汪其楣根據我已經結集出版的一、二部曲，以及陸續發表中的第三部曲改編及導演。

對於港、台兩地，其楣比喻為是「自幼被分別抱走，在不同家庭長大的表兄弟，年長後相遇，口音不同，容貌依稀，骨子裡注定是帶著血緣的外路佬」。港、台兩地才隔著一個海峽，地緣上極接近，然而，情感與理解上卻是陌生而遙遠。她選在這個歷史的關口上，藉著我的小說呈現百年來的香港人，敷演黃得雲的家族史，希望觀眾看完戲後，「重新來認識香港這個獨特而傳奇的特區」，抱負可真不小！

我雖然學過，也教過戲劇，到頭來卻做了逃兵，一心無法二用，還是回到我最初也是最後的愛戀——寫小說。早有自知之明，不及精力過人的其楣，為了這個戲，她不僅統領了系中二十幾位學生日夜排戲，甚至還外出招兵買馬，網羅了香港出身、長大的黃永洪、鍾耀光兩位名家來設計舞台及音樂，增添劇中的港味。

二話不說地把小說讓給其楣，任由她全權搬上舞台，我採取不聞不

問的態度，只願抱著手當個現成的觀眾，自己依舊閉關面壁寫小說，喃喃自語，從紙上談兵中獲得樂趣。

雖說孩子給其楣領養，以為此後任其自生自滅與我不相關，然而，聽她絮絮地說起學生們知道竹圍某家院子種了兩棵洋紫荊，立刻跳上機車去採了兩枝，回來插在排練室與所有劇中人分享，我的鼻子開始酸酸的……。

那一天，不小心洩漏了傳真號碼，後果不堪設想，戲劇系跟我搭上線了，傳來一張張圖文並茂的呼喚，從胖胖的到瘦小的排助、到信誓旦旦保證我滿意的舞監，頻頻紙上「叩應」，滾掉我半捲傳真紙，害得我心痛不已。

「我們在演你的頭生女兒，希望你來認親，看看像不像活人！」霎時，我筆下的人物，那個十三歲被人口販子從東莞綁架到香港，被賣入妓寨為妓的黃得雲，把她調理成為一個艷淫巾釵、珠鏘玉搖的青樓紅妓的鴇母倚紅，與得雲有過一段愛恨的英國情人亞當・史密斯，失身於得雲，最後棄她而去的助理屈亞炳，還有粵劇伏虎武生姜俠魂，甚至得雲晚年圍繞她身邊等白了頭的銀行家西恩，她的兒子、孫子、曾孫女黃蝶娘……。

一時之間，一個個原本躺在紙裡的人物，好像突然站立起來，活了過來，張開嘴巴自說自話。飾演亞當・史密斯的演員，畫了一大滴眼淚，說是他只在開頭與黃得雲愛得死去活來，然後就從此消失不再出現，他心有不甘，要我為他「加戲」，否則會像流星一閃，底下署名「遺留不負責任精子」的史密斯，幸虧是劇中人，要不然……

「被罵得一身傷」演銀行家的演員，為了不讓媽媽看他在台上演性無能的角色，把每天連載的小說藏了起來。

對這群已經在舞台上活靈活現、借屍還魂的劇中人，我無法再置之不理了，迫不及待地想親自去驗證這些可憐的孩子，如何受汪老師的「虐待」。

我這被奉為施大掌門人，接下七個姜俠魂所下的帖，前往關渡評定身懷絕技武林好漢的高下。原來一個粵劇武生姜俠魂，哪來七個分身？抱著一肚子狐疑來看排練，結果令我這原作者大喜過望。其榴為了讓學生過足戲癮，把有關姜俠魂下落的種種傳說安排給不同的演員去敷演，他們個個又是本尊又是分身，在舞台上摩拳擦掌此起彼落，好不熱鬧。

姜俠魂們練就一身好武功，除了赤拳闖天下和一把大黑扇開開合合的兩位女姜俠魂，其餘五位各執不同的兵器，長棍、雙節棒、大刀、雙棍、長矛，看得我眼花撩亂，又大叫過癮，可見導演武功不凡！

拳打腳踢的武戲之外，更多的是纏綿抵死的文戲，文戲中也有激情的愛慾動作，難為挑大樑的女主角，二十來歲的閨女在舞台上卻經歷了四個男人，她身型嬌小，一口清亮悠遠的好嗓子，天生的演員，從煙視媚行的妓女到從良過日子的主婦，詮釋得層次分明、細膩動人。與她演對手戲的史密斯與屈亞炳，亦是可圈可點。側聞屈亞炳的「妳讓我失身於妳，都是妳害的」台詞，在校園內傳誦，至今不衰。

英雄傳奇人物姜俠魂歲月不侵，我也不肯讓歲月在我的蝴蝶身上留下痕跡，因此，當其榴道出日本佔據香港時黃得雲已經六十餘歲，嚇得我花容失色。

雖說古詩詞中，不乏有「七十猶傾城」的異數，我寧願把黃得雲停留在飾演她的演員「……看到她在燈光下靜靜地梳著辮子，準備她的初夜」的神情模樣。

呵，我的永遠的蝴蝶！

收錄於散文集《回家真好》，一九九七年皇冠出版

記得香港

■ 陳芳明

　　歷史沖刷的力量，再一次襲擊維多利亞港灣。時間並不沉默，更不寂寞。百年前曾經被改造命運的香港，現在又將面臨改寫歷史的時刻。以倫敦與北京兩個政治中心所構成的歷史主軸，看來是如此搖不可撼，任誰也無法改變。在這兩個軸心之間所留下來的縫隙，正是香港居民忙碌穿梭的空間。殖民島上的每一位住民，經過世代的競逐，無論如何也還是不能掙脫宿命安排。被時間的邪靈嘲弄並擺佈的，又豈止黃得雲一人。

　　黃得雲是一位虛構人物，出現在施叔青長篇小說《香港三部曲》的一位女主角。她在少女時期就被綁架到香港，並且被賣身到妓女戶。黃得雲的身體，從此就像殖民地的身分一般，淪為權力支配下的「借來的空間」。她生命中有兩個男人，一位是英國白人亞當‧史密斯，一位是中國男人屈亞炳。屈亞炳是史密斯的部屬。對英國白人來說，黃得雲只不過是他異國寂寞歲月中的玩物；只供洩慾，並不存在任何愛情。對屈亞炳來說，黃得雲是他頂頭上司的佔有物；因此輪到他佔有她時，竟然興起一種「征服白人」的奇異快感。

　　我看到的黃得雲，不是一位平凡女性的生命，而是一段接受權力凌遲的歷史。我看到的黃得雲，出現在汪其楣導演的舞台上。國立藝術學

院戲劇系的學生，嘗試重新塑造黃得雲的形象。以《香港三部曲》的小說為基礎，汪其楣的劇本不僅交代了黃得雲的一生，而且還讓黃的三代子孫在舞台上現身，完整鋪陳了香港的百年史。

演出的黃得雲，不再是一位虛構人物，而是香港殖民地的具體縮影。她的賣俏與淫蕩，僅是假面。生命深處，必有她的情之所鍾，只是終其一生，黃得雲並未找到她的認同。劇本呈現的黃得雲，風情有餘，風騷不足。倒是屈亞炳演活了中國男人的自私、自卑與自大，他在英國奴隸主那邊喪盡的尊嚴，都在黃得雲的肉體上取回了補償，然而，他終究還是瞧不起這位窯子妓女。他模仿英國奴隸主的行為，拋棄了黃得雲。只有在女人受到羞辱與貶損之後，屈亞炳的靈魂才能獲得昇華。施施然離開黃得雲的中國男人，神色自若；那種精神勝利式的身段，令人難以釋懷。

然而，我想到的，仍然是歷史沖刷的力量。倫敦的當權者使用民主改革與選舉制度，企圖挽回不可挽回的命運。北京當權者則以民族主義與愛國主義，刻意蒙蔽香港曾經受到傷害的事實。權力在握的人，僅是關切主權的轉移與領土的佔有，至於香港住民的心靈衝擊與文化改造，顯然都在權力的關切之外。黃得雲的命運，正是象徵了權力交替下的香港命運，掙脫英國奴隸主的枷鎖，回歸到中國的身上，是不是保證香港從此就可擺脫被殖民的身分？

黃得雲與亞當‧史密斯投懷送抱之後，結果得到的是種族壓迫。但是，無論這個男人叫做史密斯或屈亞炳，身為女人的黃得雲，都同樣嚐到了性別壓迫的滋味。她是不潔的、不德的，因此就不值得珍惜，更不

值得尊重。有過殖民地經驗的香港，豈非與黃得雲一般，不再保有聖潔之身。自稱反殖民、反帝國主義的北京，將又如何看待香港？

我從國立藝術學院走出來，其實是從汪其楣的戲劇《記得香港》走出來。看到山下的關渡平原一片黑暗，猶似廣闊的海。在黑暗的邊緣，點綴無數鑽石光芒的台北燈火。我不能不想起維多利亞港灣的夜晚。

從九龍尖沙咀的碼頭，隔岸眺望香港島上的高樓夜景，我被迷離虛幻的萬丈燈火所蠱惑。多一盞或少一盞窗燈，並無損香港之夜的絕美於萬一。那些燈光，漂浮天上，蕩漾水面，自戀似地相互輝映，虛虛實實得使人全然遺忘身在何處。但是，不能遺忘的仍然是歷史沖刷的力量。黃得雲的故事，誠屬虛構，不過，她的身世其實也是螻蟻般的香港居民生活之投射。他們穿梭於歷史的空隙中營生，在統治者眼中，盡歸惘然。握有權力者，也握有歷史的書寫權。黃得雲們的故事，最後都要在回歸的浪潮中淹沒，也將在民族主義的煙霧裡消失無蹤。他們終歸是要淪亡的；正是因為會有淪亡，在歷史激流沖刷之前，我寧可牢牢記住黃得雲，也記得香港。

收錄於散文集《掌中地圖》，一九九八年聯合文學出版

蝶祭九七

■汪其楣

在香港「九七」大限即將來臨之前，我們推出了《記得香港》這齣戲。對於這樣一個原本可以天天去旅遊，代表著繁榮與自由的地方，突然變到另一種政治環境下，台灣人到香港特區會不會比以前不自由？香港人在特區的洋紫荊旗幟下，是否在經濟生活、文化生活各方面，也都有很大的改變？大家帶著強烈的好奇與關注，也對於台灣在強鄰壓力下的景況產生對比和聯想。那年，全世界看著這個被稱為「借來的地方」在「借來的時間」將屆滿消逝之前，香港內外各類型、各層次的文化藝術工作者也不斷的發聲，提出觀察、關心、見證與祝福。

然而，香港離台灣雖然很近，兩地的人在情感與理解上卻覺得陌生和遙遠。近代史上的台港兩地，就像是自幼被分別抱走，在不同家庭長大的 cousins，年長後相遇，口音不同，容貌依稀，骨子裡注定是帶著血緣的外路佬。所以台灣人做一齣香港主題的戲，專注於排演之外，還需要更多的閱讀與討論，不只以香港的角度來看近代史，不只面對近數百年來西方對東方的殖民關係，更希望認識香港這個獨特而傳奇的文化；如視覺、聽覺中的世界，生活中的態度與價值，人與人之間的情感及相對待等。想在戲中講一些香港的故事，刻畫幾個有血有肉的香港人物，呈現一些香港之所以是香港的來龍去脈；在未來五年、十年或五十

年的變化到臨之前，為這個與台灣似遠又近，同樣命運翻騰的島嶼做個記憶的切片。

施叔青的小說，香港三部曲之一、之二：《她名叫蝴蝶》、《遍山洋紫荊》，是我決心做這齣香港戲最大的動力。叔青跟我在《現代文學》雜誌時代即相熟，多年來我們從往不多，卻全未疏離，我是她每一篇小說的嗜讀者。她這兩本在一九九三年與一九九五年由洪範出版的小說，更深深吸引我。她的小說成功地以香港的歷史變遷為背景，刻劃這個殖民社會中面貌多端的角色與人性。我閱讀了不少與香港有關的書籍、資料、文學，也跑去了香港幾次，結論還是要用她的小說。只有採用她的作品，我最初為香港動念的構想才可能落實。而她小說中資料豐富、語言細緻，語言背後充滿象徵隱喻，語言所散佈的氛圍、所建立的情境，遠超過我自己筆下的功力。

於是我徵得小說原創作者的同意，採用她這兩部及當時還在陸續寫作發表的第三部《寂寞雲園》的篇章，作為《記得香港》一劇的基本素材，搬上舞台。

《記得香港》是國立藝術學院年度公演，在一九九七年五月十六日首演於關渡校園的展演藝術中心戲劇廳，共演八場。那年，在我們的演出之前或同時，有不少香港的舞蹈家、戲劇家來台灣演出，如：梅卓艷、曹誠淵、榮念曾、「進念二十面體」、「城市舞團」、「沙磚上」等。有形、無形的對談與接觸都很值得珍惜和懷念。學校也特別為這齣戲，也為香港舉辦了兩天的《記得香港》暨九七香港藝術文化討論會。開放給所有的觀眾來參與。

既是香港戲，除了藝術學院兩位設計老師，負責服裝設計的陳婉麗及燈光設計的林克華之外，我特別邀請了在香港出生、長大的兩位名家：黃永洪及鍾耀光，分別擔任舞台設計與音樂設計，讓我們分享他們成長中的香港經驗，讓這個製作能汲取到他們獨特的創意與敏感。

　　劇中女主角黃得雲，在鴉片戰爭後五十年出場，她被人口販子由東莞綁架販賣到香港，由鴇母倚紅調教成為會說夷語的紅妓。她先與英國軍官亞當·史密斯在瘟疫橫肆時相戀，被救出後金屋藏嬌；繼而又與史密斯的華人助理屈亞炳，在英國佔領新界時亦有糾纏。這兩個男人卻都受困於各自的社會、傳統，先後棄她而去。她心中另有牽連的是演神功戲的伏虎英雄姜俠魂，這個傳奇性的人物隱約點染出現，象徵香港環境中的民間勢力，黑社會、革命黨、海盜等等，皆為當時對俠義英雄的嚮往，但化身再多的姜俠魂，卻始終難與黃得雲結緣。

　　在拒絕了老鴇誘邀重操舊業，黃得雲自食其力到大戶商家「公興押」當舖幫工，傍著當家老太太，學得做人成事的道理，獨自撫養混血的私生子黃理查接受殖民地的教育，自己也成為炒房地產的富婆。二〇年代孫子黃威廉出世，黃得雲與銀行家西恩·修洛合建雲園，直到日據時期，她內心才接納這個死在集中營的英國紳士。這時她已六十餘歲。

　　黃得雲消失在這個時代後，接著是黃理查、黃威廉、曾孫女黃蝶娘這些香港人的典型，及一九四九年後，更多來到香港的人，刻劃他們對這四、五十年來的變化與衝突下的反應與內心。

　　叔青在書序中說「六四」天安門事件，令她認同旅居十年的香港，並為之長時間的反思，回到小說家原來的位置，用筆來做歷史的見證。

我也認為「六四」曾將「香港意識」做出最清晰、最多角度的旋轉與反射，因此《記得香港》就從「六四」在香港的黑色靜坐開始，再回溯象徵香港的黃得雲的一生。

一九八九年六月三日晚上，有一個香港劇團正在演莫里哀的《造妻記》，巧合的是，同一齣戲九五年也就在藝術學院戲劇廳的舞台上演過，台灣譯為《太太學堂》。《造妻記》的演出人員，在「六四」之後的一個月內推出了《又試革命》，穿著法國大革命時代的舞台服裝，把《丹頓之死》的腳本間錯著天安門廣場的文字篇章和宣言，唱著「五月的陽光」、「血染的風采」、「義勇軍進行曲」……等，演出他們心中的沉痛與抗議，許多中堅的藝術文化工作者都在那個時候參與了各式各樣的展演活動。一位《造妻記》的舞者告訴我許多事，他們在莫里哀的舞台上演喜鬧劇，下了戲擠在後台，收聽天安門廣場的新聞，看到電視螢幕上的火光，為悲劇震驚顫抖，卻必須擦掉眼淚，再回到台前去搞笑……。心中好苦。這些人隨後也去參加遊行與靜坐。

六四事件前，五月二十一日那天，香港文匯報的社論欄空白，只印出「痛心疾首」四個字，這四個字造成日後新華社社長出走、一群記者的去職等等。這四個字也印在後來香港抗議活動的數萬件 T 恤上。黑布、T 恤種種，不過是一向被說成是冷漠的城市的香港動員起來的一端，學子、商家、企業界、傳播界、平常庶民，都不計較時間、金錢，投入支援廣場，哀悼學生、死難者，幫助流亡者以及抗議北京當權者的各項重大活動。當九七逼近了，香港人的熱情轉為更多反省與回顧，經歷了種種變化的香港人，也有著徬徨中的自足與自勵。

這是我做《記得香港》之前試著用他們的心境所看到的，以及透過他們的語言所聽到的。所以黃得雲的一生，由她的曾孫女黃蝶娘來追溯，透過施叔青所建立的家譜，把她和子、孫各輩，在不同時代背景下的心情和反應，刻劃出發生在香港的一些愛恨情怨，一些由貧而富、由邊緣底層到上流高階的心理變化，一些遭遇不同統治者下的應變與屈從，一些抽象的紀實。香港，透過蝶娘和她的家族，得以鋪陳。蝶娘也是那群青年香港人之一，於是《造妻記》的後台，和黑色大靜坐成了全劇的楔子。而他們在九七之前又回到了維園的燭光中，交換心語，成為本劇的尾聲。

當年的兩位排演助理婉如和季娟時來輪番上陣，讓我在萬般忙碌中重新逐字逐句整理出《記得香港》的劇本，成稿之時，正是「六四」十週年的前後。香港維多利亞公園裡舉行近年來人數最多的一次燭光晚會，台北也有全球聯線的討論會、紀念會。由於編演過這齣戲，演員們跟我一樣，比較關心香港，電視上維園的畫面，令他們駐足，好像自己曾在裡面。他們也難忘跟仰瞱練芭蕾舞步，以便有洋人的下巴與腳尖。跟伯健打拳、練兵器，方能展示姜俠魂遍佈四界的身手。他們是比較在意政權傾壓下，年輕人的熱血。然而，戲早已落幕，九七回歸在一般人心目中已無多少痕跡，「六四」終也難逃記憶塵封掩埋的命運。二十世紀發生在台灣、發生在香港、發生在中國的許多事，恐怕就快要被時代的巨輪拋在腦後了。也許只有演過、看過這齣戲的人還會記得一點什麼，而希望閱讀到劇本的朋友，也都能感受我試圖描繪的場景中，那些曾被我們所有參與演出的人，悉心揣摩的、屬於香港的聲音和心境。

九六年夏天，本劇執筆之初，我打開貼滿了眉批紙片的《她名叫蝴蝶》，腦海中浮現出「蝶祭九七」這劇名。後來雖然沒有正式用上，但經驗這個紀念香港的戲，仍是我心中難以磨滅的「蝶祭」。

記得香港劇本

角色與演員

　　《記得香港》有二十二位演員，分別飾演近百年來居住在香港的近百位中外人物。可以分為下列不同的角色群：

黃得雲：姜富琴飾

亞當‧史密斯（英國軍官　黃得雲的初戀情人）：傅仰曄飾

屈亞炳（史密斯的華人通譯　黃得雲從良的對象）：葉建良飾

西恩‧修洛（英籍銀行家　黃得雲最後的戀人）：張顯魁飾

黃理查（黃得雲的私生子）：鄭仁綱飾

黎美秀（黃理查之妻）：林竹君飾

黃威廉（黃理查、黎美秀的獨生子）：賴雨農飾

依莉莎白（黃威廉的白人妻子）：藍玉萍飾

融融（黃威廉未入門的妻子）：蔡常欣飾

黃蝶娘（黃威廉與融融的私生女）：高秀芬飾

姜俠魂（黃得雲迷戀的戲台武生）：分別由蘇育樟、金磊、薛弘斌、高秀芬、王永慶、黃雅慧、張顯魁飾

倚紅（調教黃得雲成紅妓的老鴇）：陳姿君飾

倚紅閣僕婦：陳祥純飾

霞女（黃得雲家中貼身女僕）：李育芳飾

亞興婆（屈亞炳鄰居、媒人）：陳祥純飾

老妓：劉容君飾

盲公子：薛弘斌飾

疫區居民：馮彥碩、劉容君、薛弘斌、李育芳飾

艾米麗小姐（亞當‧史密斯傾慕的英籍女子）：藍玉萍飾

懷特上校（警察頭子進攻新界岑田）：鄭仁綱飾

英籍軍官：賴雨農、蘇育樟飾

英籍商人：張顯魁、金磊飾

英籍學者：洪鵬鎮飾

狄金遜夫人（亞當‧史密斯上司狄金遜總幫辦之妻）：蔡常欣飾

英籍貴婦：蔡宜真飾

幕前開場人：洪鵬鎮飾

六四前夕《造妻記》舞監：蘇育樟飾

《造妻記》後台人員：葉建良、李育芳、洪鵬鎮飾

《造妻記》演員：馮彥碩、賴雨農、鄭仁綱、蔡宜真、薛弘斌飾

全體演員除扮演黃得雲的，都隨著劇情分別扮飾不同階段、不同身分角色的香港人。如：

大埔村民。

五十年代大陸來港的移民潮。

七十年代爭取華人權益的工人。

八九年後準備移民香港的旅客。

六四之後戴黑紗冒雨遊行的香港人。

九七前在維多利亞公園參加燭光晚會的香港人。

上半場

（舞台佈景是一個抽離了車水馬龍的香港景象，有點像中環石板街那一帶；舞台後方橫過一道看似由石階砌成的平台，平台上方錯落疊掛著香港舊街的商店招牌，正面側面都有，招牌上寫著某某士多、某牙科、銀樓、酒店……，只是字跡陰黃，幾不可辨。平台中央往後往上延伸出一道樓梯，階梯盡頭為一堵方牆可供投影片放映之用，前端懸著一幅圓形的香港人物畫，彷彿黃舊的相片的一角。）

（舞台前方左側有一株香港紅棉樹高大的枝幹剪影；左前方地面也向前伸展為一小平台，平台周沿有碼頭附近常見的套纜樁。）

（暖場的燈光微亮，佈景有著灰沉的基本色調，觀眾進場時前幕敞開著，就看見這幅景象。）

（即將開演時，舞台上燈暗，耳中立即傳來鐘錶的秒計聲，滴答、滴答、滴答、滴答……，然後此起彼落的敲擊聲從各角落發出，節奏漸漸加快。一名由演員所飾演的開場人由觀眾席左方走道出現，站在舞台邊緣，對觀眾說出劇場例行的「觀眾須知」。）

開場人　　　各位來賓您好，歡迎您的光臨。今天是一九九七年五月十六日，距離香港歸屬中國還有四十六天五小時二十八分三十秒。大家即將觀看一齣戲劇的演出，劇名就叫做《記得香港》。在節目演出前，請容我們提醒您：觀眾席內請勿飲食。（四面八方傳來更強烈嘈雜的撞擊聲，音量漸強）演出時，未經本中心允許，請勿照相、錄影及錄音，並請避免您的

呼叫器、行動電話在演出中發出聲響。（他的聲音
似乎聽不見了，但在嘈雜動亂聲中，他仍力圖鎮定地講
出英文的觀眾須知……。此時除了舞台四周發出的敲擊
聲、人聲之外，音效也加入騷動。）謝謝您的合作。
節目即將開始。 Ladies and gentleman welcome to the
Performing Arts Center. Before the performance starts,
may we remind you that, no photography and video
recording is allowed during the performance. And
please turn off your beeper and celleluer phone. If you
have one. Thank you for your cooperation. The per-
formance is about to start.
請注意聽！

（所有聲響瞬間靜止，全場燈暗，開場人匆匆下台）
（序曲音樂出，尾聲轉為象徵香港海上貿易背景的搖櫓聲，一陣一陣，
緩慢、平穩地傳出。舞台左上角漸亮，卻是一種近日寫實的氛圍。）
記得一九八六年六月三日晚上，一個劇團正在搬演《造妻記》（註一），
這是當時的後台一角，從「翼幕」可以窺見前台法國經典喜劇的帽沿、
裙擺，也可以聽見偶爾傳到「後台」的台詞。
而下了場的演員、後台的工作人員，都在收聽天安門的訊息。工作人員

註一：法國喜劇大師莫里哀的名作《L'ecole des femmes》，一六六二；台灣譯為《太太學
　　　堂》。《記得香港》演出前兩年，同一舞台上正巧搬演過此劇。

三兩個看著台側電視上的新聞，從觀眾席即可看到一束電視畫面跳動的光線，劇團裡後台的工作人員，有人手持小型收音機，一面找頻道，一面焦急地來回走動。演員下場後脫下帽子，壓低了聲音，在電視前詢問最新的消息。一會兒舞台監督又過來做手勢要他們準備再度上台，憂慮的演員只好回到前台繼續演出喜劇。）

（六四新聞報導音效進；在粵語、英語的播報聲中，《造妻記》角色的對話。）

女僕	看他多兇，我的天啊！我從來沒有看過一個人有這麼難看的。
男僕	我看，八成是哪位先生把他給惹毛了。
女僕	我覺得他真的不講理，要我們把阿涅絲小姐關在家裡。
男僕	因為他吃醋了！
女僕	你哪來這種怪想法？吃飯我懂，吃醋我就不懂了。
男僕	要是沒弄錯，是他又回來了。
女僕	你看對了，是他，那個不讓人喝湯的人。（二人下場）

（新聞報導聲漸強，飾演僕人的男女演員一下場便急忙湊近電視機，了解北京最新的狀態，並緊張的小聲交談。報導的聲量轉弱，就又聽到前台喜劇的對話。舞台右前邊，參加黑色靜坐的香港居民陸續由右邊走上舞台，前面出來的女子，手上挽著許多黑紗布條，她逐一交給參加靜坐

的民眾，他們為彼此在手臂上綁上黑布條，有人難過的互相擁抱，多數皆沉默不語，神色凝重；也聽到有人低聲哭泣。）

（《造妻記》另一對角色的對白又再聞。）

老爺	最近天氣很好啊！
小姐	很好，晚上更好。很涼快。
老爺	晚上睡得好吧？
小姐	睡不好。
老爺	有人來打擾你？
小姐	有跳蚤，總是抓不到。
老爺	沒關係，很快就有人幫你抓了。好了，這些我們先不管，你知道嘛？奇怪的事很多，我最近聽到一些流言……。

（新聞播報聲，英語的、華語的、廣東話的……頻頻交換重疊）

情人	這真是個喜劇，正如你所說的。
小姐	只要對愛情有信心，上天是不會讓人間留有遺憾的。
情人	嗯，上天是不會讓人間留有遺憾的。

（《造妻記》演員謝幕、觀眾掌聲傳來。「後台」眾工作人員結束手邊的

工作後紛紛離去。自「前台」上謝幕後到「後台」來換裝的演員，聚集在電視前著急的看了一會兒，決定離開，趕到聚集市民的現場去。）

（舞台右前已佈滿綁著黑紗的香港居民，疏落的下雨聲淡入。《造妻記》「後台」的人都走光了。聚集市民的現場，也就是《記得香港》的舞台上，上來的人更多，他們錯落成聚，佔據了舞台中橫面，還有一個人在後方平台上緩慢地揮舞著黑色的大旗。）

（雨聲漸強，眾人緩緩撐起手中的雨傘。夜色中，我們見到傘陣中，凝肅莊重的「六四」之後的香港人。然後聽到他們各自輕輕吐出心裡的聲音：）

女學生	我不想說話。
作家	我不想說話。
家庭主婦	痛心。
女學生	痛心。
工人	我覺得心寒。
教師	痛心。
學生	痛心。
記者	痛心疾首。
蝶娘	我不想說話，我覺得心寒。
大學生	What can we do?
高中生	令人難以置信！ It's unbelievable!
作家	令人震驚。
家庭主婦	痛心。

女學生	痛心。
作家	What can we do？
家庭主婦	What can we do？
教師	痛心。
記者	痛心。

歌者　　　（一位高大的歌者，在舞台中左、微微揚起了傘，清唱
　　　　　〈血染的風采〉）

　　　　　也許我告別，將不再回來，

　　　　　你是否理解，你是否明白；

　　　　　也許我倒下，將不再回來，

　　　　　你是否理解，我沉默的情懷。

（歌聲中，靜坐人士開始向左邊行去，歌者停歌時，擬似〈血染的風采〉
旋律的管絃樂聲淡入。眾人陸續往舞台左邊聚集，在碼頭邊的平台前
緣，成為一方密集的人頭，稍停片刻，待音樂稍減，再成隊有秩序的往
場左觀眾席邊的走道向劇場後側走出去。靜默的隊伍走去後，舞台上只
剩下一個長髮的年輕女子——黃蝶娘。）

（黃蝶娘由左舞台側邊往中間移步，手持一支白色的蠟燭，一本《香港
歷史問題檔案圖錄》，她翻著書頁，邊看邊說）

黃蝶娘　　　香港，差不多一百五十年前，有三、四千人住在這

裡，這個幾千年來中國人活動的小島，香港，變成大英帝國的殖民地。

（她繼續翻書，並端詳著圖片，斷斷續續說出下來的歷程）乾隆……，嘉慶……，道光……道光十八年，林則徐……道光二十年，鴉片戰爭……道光二十二年，南京條約……咸豐……，九龍……。光緒……，新界。（抬頭，對觀眾）

我的曾祖母黃得雲，就是在那時候，九十幾年前，來到香港。

（黃得雲著淺粉小花，鄉間女孩的粗布衣裳，從舞台右側輕快的走進。）

黃得雲　　　那年黃得雲十三歲，手上挽著竹籃，繞過溪邊一排香木樹朝廟裡走來，腳下穿著布鞋，踢著黃土，鞋尖濺起一點灰塵，在九月清晨的陽光裡若有似無的飛舞。

（以上幾句台詞蝶娘也一起敘述，與祖母的聲音參差並行）

她挽著竹籃，想著十三歲少女的心事，全然沒預感到當她踩上廟場青石台階最後一階的瞬間，將改寫她的一生。（下段台詞中，得雲作出被綁架、翻滾、跌倒及囚困在艙底的模樣。）沒來得及抬頭，黃得雲

眼前一黑，一隻大麻袋像一口井，當頭罩下，沒來
得及喊出聲，她的嘴被一隻大手掌摀住，攔腰被抱
起，黃得雲整個人離地騰空，她的一隻赤銅耳環掉
了下來——她此生唯一留在東莞故鄉的遺物。她被
關在船艙黑暗的底層，翻過來滾過去，昏昏沉沉，
不知過了多久，她到達了香港。

（蝶娘在上段台詞中漸走上平台，回頭看著黃得雲，再
逐漸沒入後台。）

（黃得雲抬眼望著船外的陸地，南音名曲〈客途秋恨〉
音樂漸入。阿嫂、丫鬟從舞台左側緩慢地推屏風至中
央，另一個丫鬟搬了張太師椅放在一旁。）

黃得雲無論如何想像不到，她將和家鄉人世世代代
賴以維生的香木，沿著同一條航線被載到因出口莞
香而得名的香港。黃得雲和一箱箱貨物一起卸上岸
來。她被賣到水坑口，當時從內地被拐賣來的女孩
子，常被賣到大寨當妓女。

（黃得雲被僕婦拉了過去，自左側走進的倚紅，一雙眼上下打量她。）

倚紅　　　嗯，皮色倒還算白，看看牙齒！

　　　　　（然後僕婦開始為得雲換上綢緞衣服，戴上髮飾，在舞
　　　　　台上得雲立即脫胎換骨，明豔動人。）

她腮邊那顆胭脂痣，看在倚紅有經驗的眼裡，是一項天賦本錢。倚紅言傳身教，費心授以彈唱才藝和獨門的床上媚術，再尋找多金的恩客，待價而沽。

（對觀眾使眼色）她恩威並施，從女孩愛美天性入手，教她細勻鉛黃，對鏡梳妝，學習配色穿戴，儀態舉止，又延請有才藝的阿嫂教習彈唱，甚至英語會話，無一漏過。

（回到得雲的身後，得意的坐下）兩年功夫不到，得雲猜拳飲酒、唱曲彈琴一一學會，成了修觴侍酒的紅牌。

黃得雲　　只是，背著倚紅，她坐在窗前，皺眉想心事。（〈客途秋恨〉音樂稍強，得雲往前去到左前）她被安插到尖頂的閣樓，像個幽禁孤島的女囚，四面海水包圍，她無路可逃，就是逃出去了，也無處投奔。得雲死了這輩子還能重見爹娘回東莞的心，原先她還盼望老天偏憐，讓她遇上個鍾情於她的恩人，為她贖身，出去做奴為婢也還甘心。

（蝶娘及僕婦打扮的男女，將床自左側推進，蝶娘安置床角時，還看了她劇中的曾祖母一眼。）

被轉到專門服侍洋人的南唐館來，她只能斷了此念，怎能把自己下半生寄託於番鬼佬為她作打算？那麼自己的下半輩子怎麼辦？

（一身病痛、腰彎背馱的老妓陪著手拿琵琶的盲公子，
兩人步履蹣跚，相互攙扶著從舞台右前方出現，往舞台
中後方斜斜走去。）

難道就像妓女老去的下場一樣，幫按摩的盲公子背
琵琶，扶他上街，手搖著鈴，在又冷又黑的異鄉長
街上，兩人拖著步伐尋找顧客。

（管絃樂音悠然揚起，英國軍官亞當史密斯從右邊平台上來，他一身整
齊米色的便裝，顯得英俊斯文。）

亞當　　　　黃得雲眼中的異鄉，在初期英國殖民者眼中，也是
　　　　　　窮山惡水、一無是處的蠻荒孤島，人人視之為畏
　　　　　　途。亞當史密斯在風景如畫的布萊敦嚮往冒險的奇
　　　　　　遇，童年時便有過離家出走，加入吉卜賽人隊伍，
　　　　　　穿洋過海到處流浪的浪漫想望，如果早生半個世
　　　　　　紀，亞當史密斯想像自己會是香港割讓給英國後第
　　　　　　一批的登陸者。

　　　　　　（他開始緩緩步下台階）

　　　　　　當他所搭乘的輪船駛入鯉魚門狹長的水道口，他行
　　　　　　囊裝著英國殖民地部海外服務的聘書，維多利亞海
　　　　　　港在他眼睛裡，活像個熱鬧的海上舞台。

　　　　　　（他已走下平台，站在舞台右前方）

史密斯一踏上四周環海的小島，立即領悟為什麼維多利亞女王對「南京條約」割讓香港大叫英國吃了虧。經過半個世紀的經營，當然已非當年的荒涼漁村，然而，仍是百廢待興，連最基本的食水都未解決，居民喝了不潔淨的水所引起的傳染病從未停止，他還沒來得及適應，就失望地被分派到不是行政部門的潔淨局，而且他一上任便面臨開阜以來最嚴重的鼠疫。

（舞台上籠罩著一片紅光，一陣陣令人不安的音樂漸入。）
（衣著破舊的疫區居民們，臉色焦黃地一個個從遙遠的舞台後方爬上平台，他們一一發言。在舞台右側一角的亞當也在此時換上了雪白的軍裝外套，戴上除疫的裝備、盔帽等。）

老人　　　端午時節，大批老鼠在擁擠群集的華人區出動，細細不停的咬聲，夜裡爬行蠕動的窸窣聲，叫人聽了毛骨悚然。

年輕人　　每日清晨，潔淨局的垃圾車把到處收理來的老鼠屍體，運去焚燒，尖尖的嘴冒著血像咬了朵紅花，而老鼠身上的病毒，很快蔓延到人的身上，人類一經染上，無藥可救，兩天之內病發而死。

老婦　　　總督羅便臣鼓勵居民滅鼠，養貓根本來不及了。每

	天都有無數人暴斃,屍體發黑,潔淨局沖洗疫區的消毒水的味道,到處都是。
女孩	老鼠到處肆竄,住在山頂的英國人雖然努力把華人隔離在山腳下,也無法逃避感染,白人也昏倒在醫院裡了。
亞當	亞當史密斯的上司,潔淨局的首席幫辦也染病倒地,他身上的腫塊噴出濃血。亞當接過總督的新命令,疫區所有的病人必須隔離,強迫搬出。七日之內,太平山街、九如坊、善慶里、芽菜巷,全包括在內,全數清除,放火焚燒。
老婦	(與亞當幾乎同步地,喃喃唸出,如讀告示般) 七日之內,太平山街、九如坊、善慶里、芽菜巷,全包括在內,全數清除,放火焚燒。

(後面平台的居民,兩兩相隨,移向較左邊)

老人	荷里活道平時喧鬧擁擠,此時寂靜的像座死城,人力車、轎子隨地丟棄,到處是垃圾,這邊的居民已經被趕出去的差不多了。
女孩	鴉片煙館的藍布門簾,靜靜垂在那裡,賭場門外一片死寂。
年輕人	擺花街新開的幾家辦館,櫥櫃上的貨品東倒西歪,

	威士忌、白蘭地短缺,走私客再也不從腥鹹的岸邊
	爬上來了。
亞當	亞當獨手對抗力大無邊的瘟神。他已筋疲力盡,他
	感到無以名之的焦慮,他有一大片空白必須填滿,
	特別在這個可能沒有明天的時刻。

(緊張的音樂漸漸淡出;舞台燈光轉換,音樂亦隱而無聞。)

老婦	前面與荷里活道交叉的擺花街,總算有了人類的聲
	音,還沒被趕走的住民,從午睡中被吵醒,抗議潔
	淨局的人來釘封他們的屋子。
年輕人	沒想到才只一條街之隔,擺花街、威靈頓街人氣畸
	型的旺盛,不理會瘟神如此貼近,鴉片煙館、賭花
	六的賭場、妓院潛伏各色人馬,一等天黑之後,全
	體出動,賺著危險的錢,拿生命當賭注。

(管絃樂史密斯墮落之主題漸入。)

(亞當往黃得雲的方向走去,得雲斜坐在床邊,姿態閒然,豔色撩人,
並不時輕搖手中的蒲扇。)

亞當	好像有輕音樂從蘭荳夫人的洋妓館傳出,亞當史密
	斯推開一扇門。

黃得雲	他以爲走進的是蘭荳夫人的洋妓館，陽光使他誤闖入隔壁的南唐館。黃得雲午睡剛醒，寬袍大袖，敞開豔紅的肚兜，手抓一把葵扇，有一下沒一下的搧著，打發著夜晚以前的時光。
	（她稍轉頭，亞當已站在門口）
	門被推開前，窗外教堂的十字架在火焰一樣的陽光裡幾乎要溶化了，她的眼角閃進了一個影子。
	職業訓練使然，得雲在轉過來之前，先飄過一個眼風。
亞當	亞當‧史密斯還沒適應房間的幽闇，他睜開眼睛走向面前的人影，張開雙臂，找尋人類的慰藉。亞當史密斯雙膝一軟，跪了下來，他抱住了一個軀體——一個有體溫、柔軟的女人的軀體。他感到安全。
黃得雲	又是一個離鄉背井，來向她索求片刻慰藉的孩子。
	（她拿下亞當的盔帽）
亞當	亞當驚魂未定，回到人間。（他像是受了驚嚇般，突然起身）他剛從死亡的深谷爬出來，他不能相信眼前神祕的奇遇。
	他驀然轉身，不知道能不能不顧一切的交出自己。
	他重新立在荒涼的街口，有著被世界遺棄的感覺。
	（亞當緩緩解除身上的腰帶以及外套，重新走向南唐館）

（燈光轉換成更為柔和、神祕的色調。）

黃得雲　　　入夜後，她獨坐燈前，守著那異國青年的鋼盔，他的裝扮多麼古怪，他的臉，黃得雲從來沒見過那麼絕望的表情，他不是來找她求一夕之歡的嫖客。

（史密斯已走向得雲）

他一定會回來的。

（黃得雲轉身相就，牽引他的手，開展他的情……）

一等他出現門框，她將引領他顫抖、需要觸摸的十指，徐徐插入自己濃密的鬢邊，她將溫柔的靠向他，讓他接觸到人類的氣息。（兩人相擁跪坐在舞台正中的地板上，亞當一把將得雲攔腰抱起，得雲頭往後仰，輕軟的腰肢後彎，雙臂張開舞動，像隻蝴蝶。亞當撫摸她的臉，順著下來劃過她胸前心口，纏綿不已。）

亞當　　　史密斯睜開被汗水遮蓋的眼睛，望著捧在自己手中燭光下美得不近情理的臉。

蝴蝶，我的黃翅粉蝶。

林木密藏的山谷，種滿了黑色的矮樹，山谷沒有風，蝶蛹在孵化之前的蠕動，降生前的喧嘩，搖撼每一片葉子，涮涮響著。

黃得雲　　　（忽地她轉身與亞當並頭，面向觀眾）啪一聲，整千整萬隻蝴蝶誕生了，繞著黑色的矮樹紛飛，一片金黃。

黃翅粉蝶在異鄉人的懷中得到新生。

（纏綿中得雲溫柔地自亞當的懷抱中游走。她身子仰臥，雙腿微曲，一步步後退到床邊，亞當在她上方，跟隨著她，長長的腿弓起，緊靠著她的身體，托起她放到床上。）

亞當　　　　燭光下，這具姿態慵懶的女體散發著微醉的酡紅，渴望被駕馭。史密斯是這女體的主人，這就是他的後宮。史密斯要按照自己心目中的東方裝扮起來，這後宮是個固定的港口，史密斯總是航向它，讓蝴蝶把他帶到另一個世界躲藏起來，最好永遠不要再回來。他年輕的生命承受不了外面世界的重擔。

（燈光在他們相擁的身體上暗去。）
（左側平台上燈區乍亮，輕快的華爾滋圓舞曲響起。兩位頭戴蕾絲花邊遮陽帽，身著及地長裙的英國女人自左側進場。兩人站上平台，手搖著絲質白扇，高雅驕矜。陸陸續續地，英國學者、軍官、商人、牧師等，三三兩兩並肩站在平台的上下兩階，以類似芭雷舞的手勢，隨著音樂前移後擺，翩然共舞。）

狄金遜太太　親愛的亞當，請問你要先倒茶還是先擱奶？
亞當　　　　（還站在得雲的床邊，恍惚地回答）請您先倒茶，非常

的謝謝你，親愛的狄金遜夫人。

狄金遜太太　　這年輕人亞當史密斯來殖民地沒多久，史密斯先生偶爾也上教堂作禮拜，最近來得勤一些！

亞當　　（不由自主往下午茶的區域，稍走一步）夫人，今天有機會正式認識您，非常榮幸！

英國貴婦　　可是，我厭惡香港，我認為它真是個腐爛的地方！

（舞台左側走出兩個武生打扮者，將得雲的床慢慢推到右側。下午茶的舞步仍在進行著。得雲已被亞當藏嬌於唐樓，她對他愛嫟依從。在兩人親熱的動作中，下面的高談論調仍是主戲，亞當偶爾會像聽到了一樣，抬起頭來，或陷入自我的沉思。）

狄金遜先生　　亞當，想想看香港這個鬼地方，跟上海同時開阜，結果外灘洋行起碼百家，插了七八個國家領事館的旗幟，絲綢、茶葉、瓷器整船往外載，哪裡像這個倒楣的漁港，天災人禍，海盜橫行，還包煙聚賭，連個澳門都比不上。

菲力普爵士　　紳士們，聽過一本書《人類的起源》嗎？作者達爾文他航遊世界，到處去記錄一些鳥獸的變種，就是要印證他發明的理論：所有的動物、植物，都是從一個原始祖先傳下來的，就是猿猴。

英商　　這真是太幽默了！人怎麼可能是從猴子變的？簡直

冒犯了聖經的教訓！

湯姆斯牧師　我贊同你，人是萬物之靈，上帝以祂的形體創造了我們……。

狄金遜太太　話題轉到人種，身上流著藍色血液的菲立浦爵士，相信英國貴族是一個種族，和下層階級有別。他公開宣稱是「種族不平等論」的信徒。

懷特上校　如果貴族廢除了，把政府交給那夥雜種亂民，那歐洲文明豈不要斷送在這批人手中？

狄金遜先生　羅馬帝國淪亡，就是因為和低劣的種族雜婚混血，才造成了敗壞滅亡。

學者　當優秀的品種和一個低劣的品種雜交，只會把優越的弄糟，這是普通常識，雜婚生下的子女一定退化，只配給白種人統治，當奴隸。

英商　想像一下，紳士們，我只說想像一下，這個人……呃，史密斯吧？他的綠眼珠如果和東方女人的黑眼睛混合，會生出甚麼樣的孩子啊？除了眼睛灰濛濛的，外貌不白不黃，心智像黃種人，行動遲緩，沒有神經，呃，你們對中國人的觀察比我還清楚。他們只會繁殖，喜歡多子多孫！

英國軍官　你們千萬別低估了黃種人，雖然炎熱的天氣把他們的智力消耗了，可是中國人肯苦幹、性情堅韌，歐洲大門邊的敵人，就是亞洲的黃種人，知道嗎？就

	是印度和中國。這黃禍可千萬不能小看！

英國貴婦　這是道德的敗壞，與種族歧視、階級歧視都無關。上帝保佑，但願這樣炎熱的氣候不至於把我們的智力消耗盡了。

狄金遜太太　英文報上有個美國人投書，建議香港政府電車分座，隔離華洋，奇怪，投書的美國人怎麼不和我們一樣，出入坐轎子，而去擠電車那種公共交通工具，虧他還是個白人。

（艾米麗自左側走進，她風度自然，儀態謙和，一一向諸位英國紳士淑女致意，眾人向她回禮之後，漸次下場。）

（舞台剩下三個人，左邊的艾米麗，中右的亞當，以及在右側「唐樓」倚坐在床上的黃得雲。）

亞當　　在他們眼中，他低下姦淫，道德沉淪，史密斯不敢接駁。但他心中知道，在瘟疫蔓延的孤島上，得雲溫暖的身體，使他對抗鼠疫而麻木的手，重新感到血液的流動，也因此在他焚燒瘟疫嚴重的地區之前，先把愛人接出來，撤離到安全的所在。

喔！我患難與共相依為命的女人！（他低頭，痛苦地撫著胸口。）

艾米麗　　上帝保祐你，史密斯先生。（亞當抬頭往艾米麗走去）

史密斯先生，真不敢相信你來了九個月還沒見過香港的紅棉樹？聖約翰教堂對面，軍營外邊就有四、五棵，樹幹又直又高，華人叫它英雄樹。

（亞當面對艾米麗時，誠謹內斂，不敢有絲毫的冒犯。）

亞當　　　　亞當史密斯曾經獨自一個人，繞過聖約翰教堂來到植物園，他在一棵亞熱帶的棕櫚樹前默立良久，動手輕觸樹幹上掛的牌子，心情複雜。這種棕櫚是艾米麗小姐帶領孤兒們到九龍後山收集植物標本時發現的，倫敦植物協會以她的名字命名。艾米麗小姐曾經答應等到秋天候鳥南飛時，將帶他到米埔觀鳥。

（艾米麗領著亞當並肩往左邊舞台前緣走去。）

艾米麗　　　每年到了秋天，兩百多種各式各樣的候鳥從西伯利亞飛來，停在米埔的沼澤地，然後向南飛到澳洲去。
（她優雅怡人地揚起手中的草帽）
史密斯先生，想像一下，兩百多種候鳥飛過香港的上空。

亞當　　　　太久遠了，等到秋天候鳥南飛……。

艾米麗　　　對真正的觀鳥迷來說，候鳥南飛才真大有可觀。我

每年去觀看牠們，（她遙望遠方的臉孔，現出光彩）結果發現燕子會在同一個月，同一天飛回來。正好符合中國人的說法：（她轉過臉看著他）一年一度燕子來歸，奇妙吧？

亞當　　（莫名其妙地漲紅了臉，興奮而急切地）你可以幫我選一副功能良好的雙筒望遠鏡，防潮性高，倍數是七點五至十倍的，比較適合我這初學者觀望的嗎？

艾米麗　　（與亞當同時）比較適合你這初學者觀望的嗎？（兩人相視而笑）

艾米麗　　**啊！蝴蝶。**

（艾米麗純真而開朗地隨蝴蝶的翩飛而轉身，離開他的凝視。她更往左側的樹下走去）

史密斯先生，我告訴過你吧，在荔枝角山谷後面有排黑色的矮樹，蝴蝶蛹最愛在樹上棲息，一旦孵化出來——如果運氣好剛巧趕上了，（她滿眼真純的欣喜）哇！千萬隻蝴蝶繞著矮樹紛飛，那種奇景——最多的是一種黃翅粉蝶，一片金黃。（她歡愉地張開手臂。）

黃得雲　　（舞台右邊，得雲跪坐在床上，伸開的雙臂像粉蝶翩飛的翅膀）

蝴蝶，我是你的黃翅粉蝶。

亞當　　（心頭抽動著，但力圖鎮定地說）艾米麗小姐，我想我

還是等您帶我去米埔觀鳥，我願意等，我可以等，
真的可以等到復活節過後。我一直沒忘記上次到銅
鑼灣去看紅棉花開，（聲音轉為生澀傷感）紅珊瑚的
顏色，把海水都映成紅色，美極了——。

（孤獨地站在那裡，他暗自神傷。）

（艾米麗遠遠地站在樹枝下，闊邊草帽又已戴好，淡藍色的飄帶，襯托
出美好端莊的背影。在亞當史密斯下面的台詞中，她偶爾再轉過身來，
更是一張誠摯無邪的臉龐。）

亞當　　　　艾米麗沒有陰暗的憂傷，不懂得罪惡情慾，那道光
　　　　　　圈把史密斯摒棄在外，他走不進去她的裡面，史密
　　　　　　斯怔怔望著這純潔如百合花的聖女，（艾米麗沿著
　　　　　　左邊走道沒入黑暗中。）
　　　　　　心裡追隨著一縷絕望的心情，飛到唐樓那個肉身溫
　　　　　　暖如春的女人。蝴蝶，我的黃翅粉蝶。
　　　　　　（亞當徘徊在台階前）她把生命毫無保留的交託與
　　　　　　我，她全然依賴信任我，她把我帶入這個出奇的、
　　　　　　熱烈的痛苦之中，而這痛苦又不是沒有愛的成分，
　　　　　　蝴蝶，我、我、我要毀了你。（亞當已返身走上平
　　　　　　台，急躁不安地來回踱步）

黃得雲　　　山腳下點燈的屋子引他前去，燈屋裡藏著他的神

女，黃得雲渾身散發莞香的香味，盛裝坐在燈下，
她是他的夜之女妖，一朵夜裡才盛開的花。

（她的床區燈光煥然，得雲改裝）

亞當　　史密斯無路可去，除了那隱密的所在，他的行宮。
史密斯性急的盼望黑夜降臨，黑暗是個深淵。（亞
當盡量靠近平台上的高梯，虛弱而不安）

黃得雲　黃得雲妓院的習慣未改，每天睡到下午才起床，然
後坐在鏡前悉心打扮，她費盡力氣來呵護她的愛
情，她沒想到愛一個人需要這麼多精力。

（亞當終於緩慢地步下平台，走近得雲的方向。）

亞當　　轉念之間，他發現自己夢遊一樣，來到黃得雲唐樓
窗下徘徊，他知道窗子的那一邊，此刻他的女人正
在半垂的錦帳內，情態十足；他的又溫柔又敗壞的
妓女。

（受誘惑的他語氣變得激動而急切）他無法相信自己墮
落到這個地步。此刻他恨不得破窗而入，去懲罰那
引誘他下墜淫慾的化身。

（亞當靠近得雲，得雲伸手撫摸他）

蝴蝶，我的黃翅粉蝶。

黃得雲　蝴蝶，我是你的黃翅粉蝶。

（亞當也伸手向她，兩人相擁，緊貼而動情。忽地亞當用力掐住得雲的頸背，把她的臉扭過去，不准她看，得雲疼痛得叫出聲，驚愕但無力的跪趴在床上。亞當粗暴的拿起得雲的衣服抽她，再甩在她臉上身上。）

亞當　　　　看我毀了你，你這黃色婊子！

黃得雲　　　（沉寂片刻，得雲重新跪起，忍住疼痛，小心翼翼的試圖再接近亞當）

　　　　　　他俯向得雲的臉……亞當，怎麼了？你怎麼了？

　　　　　　汗溼的頭髮垂下額前，得雲愛憐地替他撥到一邊，手一伸……

亞當　　　　立刻被粗暴的撥開了。

（亞當撥開她的手，離開她。得雲抖索地趺坐，側臉傷心地對著觀眾）

黃得雲　　　我的指尖轉為僵硬，我再也不敢像往常一樣撫摸他。

（亞當一腿跨著床沿，單臂支撐著上半身，如野獸般盯視著前面）

亞當　　　　他綠色的眼珠閃著玻璃一樣的冷冷的光，不帶任何表情，沒有人能看清他的內心。

黃得雲　　　我走不進他的世界，他是陌生的。

（亞當離開床邊，離開唐樓，漸漸往左側平台上退去。）

黃得雲　　　我對懷中心靈遠颺的愛人束手無策。

（她全身無力地伏在床邊。亞當走上平台，站在中間偏左處，已衣裝整飭，也已平靜、冷淡。）

亞當　　　　史密斯終於有機會到米埔觀鳥，不是艾米麗小姐做嚮導，是他的上司溫瑟先生，帶著僕傭和全套野餐排場，再度讓亞當史密斯開了眼界。他們優雅的風度，使周圍的華人望而生畏。他抬眼接觸湯瑪士牧師，菲利浦爵士和夫人們的眼光，他胸膛裡洶湧顫抖，史密斯不想再迴避他們的眼光。

　　　　　　唐樓裡曾與他相依的愛戀，他絕望中的柔情已成化石。

（他轉而向右側走下，遙遙經過得雲的地方，他看也不看一眼，台上剩下孤單悲傷的她。）

黃得雲　　　情人的足跡愈來愈稀疏，黃得雲已無心坐在燈下等他到來，每一次有腳步聲從看不到的轉角響起，得雲便緊張的往前抓住窗欄，一直到腳步聲漸遠漸去，才慢慢鬆手。就著燈光，黃得雲把殘了的妝再重新補過，夜夜等到燈昏香盡，不敢全部放下帳幔。很睏想睡，又怕他來。一聽有風響，以為他來，連忙喚傭婦開

門。一陣寒風掃過，黃得雲身子往床裡轉去，恨他無情。（得雲恨恨地哭倒在床上。）

（一陣急促的鼓點響起，著黑色勁裝的眾武生快步上場。定位後齊聲呼喝，打一套拳，台前五位男武生交叉下場，平台上兩位男裝的女武生再打一套，兩人亦交錯急步而下，舞台後面及正中燈光轉暗，左前側漸亮。）

（屈亞炳宿舍的椅子已在左前側舞台斜斜放好。他由左側觀眾席走道出現，穿著灰色長袍馬褂。）

屈亞炳　　　三十歲生日那天，華人通譯屈亞炳從皇后大道的英文書店，取了剛下郵船的倫敦狩獵雜誌，回潔淨局雙手捧給亞當‧史密斯，退後一步。（他已進入舞台左邊的角落。兩手交疊，彎腰一鞠躬）沒別的吩咐了，先生，謝謝。先生，如果先生不要我的服務，如果沒事了，我就先回去了。

（他垂著身子緩緩踱步至椅邊，輕吐一口氣，轉身坐下）
他用零錢為自己買了兩顆雞蛋和一束麵，鬱鬱的回到域多利監獄旁的單身宿舍。吃著為自己煮的長壽麵，才三兩口下肚，胃立刻發漲，喉頭滿了，再也吞吃不下。

屈亞炳放下碗筷，對著石牆發怔，坐在那裡靜靜流

淚。（改變坐姿，終又站起）

在他三十歲的生日過去之前，他只想有人陪他說兩句話。（他往黃得雲的方向走去）

跑馬地成合坊的唐樓有個孤身的女人，他的上司亞當・史密斯豢養又拋棄的妓女黃得雲。（他語言曖昧，姿態開始做作）他每個月去一次，說是鬼佬給的月費。

（故意裝腔帶調地說）我是奉潔淨局的副幫辦亞當・史密斯之……

黃得雲　（她斜眼上下打量著他，沒好氣的轉頭就走）沒等他說完，門啪的一聲被關上。

鬼佬死了，爛了腳，派你這奴才來？

黃得雲懷著英國情人的種，每夜哭溼了枕頭，扯掉一屋子輝煌的擺飾，連同麻醉她度過了無數晨昏的鴉片煙具，一併拿到後院砸毀了。

屈亞炳　（屈亞炳看她兩眼，站在台前對觀眾說）結果屈亞炳看到這個兩眼發光的女人，不知起了什麼心，改成了每個月去找她，也眼看這個唐樓裡的女子成了個小仔仔的母親。（他踱到台側，更五味雜陳地）當初何不按照上司的指示，辦公事一樣的交出整袋公文封套，差事完畢，他可以一去不回，兩個人之間也就不會有什麼牽扯了。

（他一回頭，看見得雲扭著細腰翹著豐臀往床邊走去，回頭勾他一眼，屈亞炳無可抑制地跟在她身後，愈跟愈急，繞過半邊床，得雲忽然停住腳步，全面轉身面向著他，屈亞炳撞進得雲柔軟的身軀，便一把攬住得雲，半跪著與她倒向床。）

妳讓我失身於妳，都是妳害的！

（經不住得雲的撫摸，屈亞炳一頭埋進得雲胸前，又稍抬起頭，繼續自況：）屈亞炳向躺在旁邊的黃得雲抱怨，他，三十歲的童男子，從小到大聽多了信佛母親的告誡，萬惡淫為首，佛陀勸眾生守五戒，對男人而言，不可姦淫最是難守。母親臨終前，用最後一口氣重複她的告誡，屈亞炳始終守身如玉，沒有辱沒母親對他的期許，直到遇到擺花街南唐館的前妓黃得雲。

（故做老手狀，伸出個指尖點著她的鼻子。）

黃得雲　　黃得雲嫻熟的導引著他，有點性急。她禁慾十月的內裡在呼喊空虛。她使出從前妓院對付年紀大而又多金的恩客的功夫，加倍曲意奉承。

（得雲一腳踩上屈亞炳的肩膀，刻意撩撥他，她百褶長裙的繡花裙幅，幾乎遮住屈亞炳的臉。）

屈亞炳　　屈亞炳再也抵擋不住，生平頭一遭進入女人陰暗潮

溼的裡面，涼颼颼的，眼前一暈眩，他以為整個人報廢了。

地下的亡母怒目瞪視著他，黑窟窿似的嘴無聲咿啞，咒罵他的背叛。

冷汗從頸後滲開來，一路下去，他全身似從水裡撈起一樣，（他忽地起身）睫毛上的汗漬使他視線模糊，屈亞炳以為報應臨頭，眼睛瞎了，雙手矇住眼睛，完了。母親在懲罰他。

（他站在那兒，不知所措，得雲湊上前，雙足蹬上他的腳，雙手搭掛屈亞炳肩上，神態嫵媚地與他交頸貼面，任由他抱著退入右側翼幕。）妳讓我失身於妳，都是妳害的。

（音效挑達調侃地響起一小段，得雲隨即自右側翼幕走出，她拉平弄縐了的衣擺，滿足而曖昧的瞟了觀眾一眼，站在台近中央處，稍微整理著髮髻。）

（稍後屈亞炳再度進來，手中捧著一束花，上台後又不太自然的藏在身後，他在床邊好似進退兩難。）

黃得雲　　　第二天從潔淨局收工，他繞道蘭桂坊買了一束不太新鮮的紫紅雛菊來看黃得雲。面對面，勇氣頓失，不敢照洋人送花的方式雙手捧上。

（屈亞炳將花輕拋到床上）

趁黃得雲沒注意，把一束花丟在一旁，然後假裝沒
事，雙手抱膝坐在那裡，斜眼偷偷瞄了得雲幾眼。
黃得雲心裡覺得好笑。

唉，就是他吧！燈火闌珊處向她疾步走來的男人。
黃得雲把男人帶回跑馬地成合坊的唐樓，掀開雪白
的蚊帳。這一次不能再是露水姻緣，躺下的將是天
長日久的夫妻。

（屈亞炳已坐在床上。黃得雲自顧自的與觀眾討論）

她委身於他，她要成為他結髮的妻子。雖然與屈亞炳
並無正式拜天地，但她私下以心相屬，自認從良。

每回黃得雲看著油燈下她的男人——起碼她自己這
樣認為。把她親手做的羹湯喝得窸窣作響。從前妓
院的飲宴排場真是恍如隔世。（得雲轉身面向他；屈
亞炳退向床內，背對得雲。）平時柴米油鹽的過日
子，倒也相安無事。（得雲挨近屈亞炳身旁）把孩子
哄睡，一上床，（她伸手撫過他背脊上的線條，停在
尾骨和床褥間）問題就來了。

屈亞炳　　屈亞炳仍然擺出那份痛遭失身的姿態，雙手交叉抱
　　　　　住胸前，背對她躺在那裡。

（黃得雲重新試著去抱他，極盡所能的挑逗他。）

黃得雲	首先屈服採取主動的總是黃得雲，她試著去撩撥他。再不濟，他好歹也還算是個男人，她渴望他壓在她身上的重量，她生命中不可或缺的異性恩澤。黃得雲願意憑著她先天的稟賦，加上當琵琶仔時倚紅閣鴇母私相傳授的床上密術，來調理這個不解風情、木口木面的男人。她生產後旺盛的情慾需要靠屈亞炳來舒解撫平。

（屈亞炳躲開得雲的唇，她的臉，逃開似的下了床，留下得雲獨自坐在床上，幻想一樣的呻吟，情態十足的各種動作，屈亞炳一一看在眼裡，更是不堪。）

屈亞炳	屈亞炳覺得女人的嘴唇上，混合著英國人的口水，她在床上種種驚世駭俗的動作無不是在重演她與英國人的情愛。（萬分屈辱地）女人閉緊眼睛把他當成亞當・史密斯，她始終沒能忘了他。 （誇大的動作，隨意往遠處指）屈亞炳再撒大謊，說英國人被調到西伯利亞，（誇張的手勢往下掉）女人還是想念他。不止一次，他忍不住了，惡言惡語糟蹋她，（對著得雲，一腳跨在床沿）女人眼角看他，平平地說……
黃得雲	別拿我出氣，有本事……找英國人算帳去。

屈亞炳	（他一蹬腳，跳上床）最近屈亞炳升了職位，女人才不敢這般頂撞他，多少對他有點畏懼。黃得雲的一舉一動、所思所想，因不在屈亞炳的掌握之中而使他感到痛苦。

（得雲不經意的拉了拉裙子的腰頭，彎下身拍拍裙擺上的灰塵，撩起袖子，整理頭髮種種，無一不撩人，無一不惹火。）

黃得雲	（故做輕鬆的說）黃得雲隨便一個動作、一個眼神，看在屈亞炳眼裡都充滿意義，激發他的妄想，他給自己不可遏止的嫉妒、懷疑，因不能完全擁有女人而弄得幾乎發狂。
屈亞炳	他終於逮到報復的機會。（兩人身上的燈光轉暗。）

（管絃音樂漸起，〈新界事件〉旋律的前奏。
懷特上校拿單筒望遠鏡自左側大步走上平台，他不時若有所思地眺望前方，臉上露出得意的微笑。）
（其他英軍也陸續由左邊進場，三兩錯落地站在左區舞台往前瞭望。）

懷特上校	懷特上校站在新界的平原上，眼前彷彿浮現兩條蜿蜒的鐵軌，一直向深圳延伸過去，深入廣州內地。想像一下，各位，一條鐵路，從這裡尖沙咀為起

	點，一直延伸過去，打通這兩座山，獅子山，土著給取的名字，然後進入新界、元朗、大埔、上水，越過深圳河，深入內地廣州。
同僚	理論上、技術上來說，如果廣州到漢口，漢口到北京，北京到瀋陽，瀋陽經哈爾濱的鐵路相繼通車了；那麼國際旅客從九龍……想像一下，上校，從九龍乘火車經西伯利亞、莫斯科、巴黎而直達倫敦。
懷特上校	懷特上校挺起背脊，感到自己才是真正的征服者。

（在平台前階的幾位軍官也加入談論。）

軍官一	他為維多利亞女王征服了四百二十三個村莊，十萬居民，接收了九百七十五平方公里的土地，膏腴肥沃的良田綿延無限，直至青山腳下深圳河岸為止。他將香港行政區的面積擴大了整整十倍。
屈亞炳	（仍在黃得雲的床區附近，較近觀眾處）屈亞炳在英國人與新安縣之間的穿針引線，都是在黑夜裡祕密進行。他帶領兩個英國人沿著山路，朝新安縣岑田村走來，懷特上校是他們的新上司。這位作風強硬的警察頭子賞識史密斯在鼠疫嚴重蔓延的時刻，焚燒太平山民宅的英勇表現，將他連同華人通譯屈亞炳一起轉調。進行接管新界。

懷特上校　　　（帶著滿意與了解）整個接管新界的過程，亞當史密斯的表現令懷特上校大失所望，倒是屈亞炳不管在事變發生之前的穿針引線，或是以後充當懷特上校的心腹線人，他都是踩在同族鄉民子弟的白骨，給自己墊高。

軍官二　　　　（帶著了解與輕蔑）日後他在殖民地政府混到華人一個不大不小的位子，全是拜他出賣家鄉之賜。然而，屈亞炳總是眯聚他一對長而狹邪的眼睛，摸著下巴謙稱自己沒有如此神通。

（音樂此時加入急促的鼓聲，音量漸強。）

屈亞炳　　　　屈亞炳在接管新界的過程中，並非一面倒向統治者，他也有過反覆。

大埔鄉民以妨礙風水為理由，反對懷特上校在大埔搭臨時警察局，懷特上校下令用武力鎮壓。

（眾武生手持刀槍或棍棒由右側一呼而上，英軍倉皇中以類似芭蕾舞的姿態跳退、跳退，終翻身退下。）

憤怒的鄉民帶著鋤頭木棍蜂擁而上，攻佔英方盤踞的山頭。懷特上校寡不敵眾，狼狽下山坐漁船取水道逃回香港。屈亞炳跟著撤退，他站在甲板上，夜風到處灌滿了他，令他全身膨脹，自覺站在擊退敵

人的山頭，與同胞舉臂歡呼：打鬼佬！（眾武生高
呼：打鬼佬！旋即自左側舞槍耍棍而下）

高大而又神氣，他恥笑失敗而逃的懷特上校，恨不
得從背後狠狠踢他一腳洩憤。

（他興奮地轉身往床邊走去）屈亞炳半夜來拍妓女黃
得雲唐樓的門，把縮在床角的女人拖出來。

（他粗暴的將得雲拖至床上，自己跳上床）今天晚上
他將反賓為主成為她的主人，征服這個背後恥笑他
窩囊的女人。（長袍馬褂的他站在床上，模仿英國人
的芭蕾動作，環手，踮腳，繞圈……）

這一晚，屈亞炳不必講海盜徐亞保揮長矛戳死英軍
的故事。

（他又出拳，踢腿，像個勇猛的武生）

今天晚上他有足夠的力氣與自信，把失敗的英國人
從他盤踞、受用過的女體驅逐出去，

（出拳、踢腿、回勾轉身、快連環掌、亮相）

屈亞炳破繭而出，長驅直入，一次比一次勇猛。

（跪在床上的得雲興奮地摟住屈亞炳的腰）

黃得雲　　　黃得雲抱住這脫胎換骨的男人，喜不自禁。（屈亞
　　　　　　炳卻突然像是受了什麼驚嚇似的，頹然縮身委地，漸漸

蜷縮在床前的一角）遺憾的是，這是屈亞炳最初也是
最後的激情。

（此時，懷特上校在舞台後邊平台出現，他率英軍以整齊的英式操典步
伐自左側橫越平台，往右走去。）

黃得雲　　　隔天懷特上校請求總督派軍隊前來鎮壓，大批洋槍
　　　　　　洋砲停駐露吐港，由砲兵掩護這批武器從海面登
　　　　　　陸，那尊轟塌圍村兩扇鐵門的大砲，就是這時候搬
　　　　　　上岸來的。

（得雲仍在床沿，亞炳已坐在地上）

屈亞炳　　　新界失陷後，屈亞炳走出自己的故鄉。他是家鄉裡
　　　　　　的外鄉人。

黃得雲　　　但是，她的男人像是中了邪。

屈亞炳　　　一個晚上要被自己的驚恐慘厲叫聲驚醒好幾次，每
　　　　　　次醒來，彈簧似的坐起，第一個反應是拿雙手交疊
　　　　　　覆住他的私處，緊緊保護住，接著人拚命往床裡
　　　　　　縮。往床裡縮。

黃得雲　　　（她離開床走至台前，而他轉身在床邊來回地蹀步）從
　　　　　　那個晚上開始，他往裡縮、一寸寸往裡縮，縮到最

後，沒有了。

天后娘娘啊，英國人殺人，和男人什麼相干？何至於龜縮到這種地步？

雖然如此，但是黃得雲心裡另有打算。

（她若有似無地回頭瞧他幾眼）

眼前這個男人正值壯年，洋大人抬舉他，前程似錦，（她人已到台邊，像演神功戲似的比比畫畫）他家庭單純，老家離東莞很近，帶他出走的母親已經過世了，他在這小島上無親無故，孑然一身，景況和自己一樣，同是天涯淪落，正巧湊成一雙。

（她兩隻食指併在一起，眼睛靈活地一轉）

老聽他抱怨單身宿舍狹隘不堪，乾脆讓他搬到唐樓來住一起，省得他兩頭奔跑。

（主意打定，側頭對屈亞炳說）

明日端午過節，班房不上工，你早些來吧。

屈亞炳	有什麼事嗎？
黃得雲	有話對你說——孩子阿嬤帶去看划龍舟，不在家。
屈亞炳	（他向前一步，面朝前，與得雲並肩站著）屈亞炳還是挨延到天黑才姍姍而來。
黃得雲	（她繞個圈背對觀眾，面向屈亞炳，身子微彎，有些難以啟齒的樣子，但仍然顯得合理而溫婉）我都想過了，兒子理查名字是你給取的，過兩年上私塾，他

那模樣準被同學恥笑……（轉到他的另一側），我說，要是有個父親護著，容易多了——。我都想過了，我都想過了，（抬頭看看他，轉臉朝外，賢慧地）我不嫌你……那個，那急不來的，我們慢慢醫……我向姻緣石發了誓，不管怎樣，一輩子跟你過。

（睜大眼睛，看他的表情；半晌後失望地低頭）

屈亞炳　　遺憾的是，這個淡妝素服家居打扮的女人，看在屈亞炳的眼裡，（向前跨一步，越過她，到台前）如果屈亞炳多灌她兩杯雄黃酒，她準會現出原形。他不會被帳子裡的大白蛇嚇死，哼！我可不是許仙。屈亞炳從懷中抽出預備好的公文信封，英國人早讓我交給妳的，在這裡，拿去吧！

（他將信封袋拿到得雲面前，得雲無言地望著他，並沒有伸手去接。屈亞炳再看了她兩眼，將袋子往床上一放，走了。到門邊，再回頭）

屈亞炳　　喔，我以後不會再來了。

（他走出唐樓，回到自己的宿舍，扶著椅背，若有所思地吐了口長氣。）

亞興婆　　他宿舍街角不遠的亞興婆端看著屈亞炳侍奉洋大人步步高陞，早就想給他做媒。（亞興婆拿著新郎官的

紅綵球以及瓜皮帽，興致高昂地從左側觀眾席旁的走道
　　出來）

　　我幫妳找了個好端端的良家女子，上環街市米鋪老
　　闆的女兒……年紀稍稍大了兩歲，也不算太大，裹
　　了一雙小腳，尖尖粽子似的──。

屈亞炳　　最後一句話打動了屈亞炳，娶個裹小腳的女子與他
　　目前的身分合適不過。（他滿意地接下瓜皮帽，轉身
　　背著觀眾，自己戴好，亞興婆則歡喜地繞來繞去為他綁
　　上紅綵球。屈亞炳新郎打扮，轉過身來）他如願以
　　償，頭戴瓜皮帽，腳踏黑緞長靴，在興昌相館照了
　　結婚照。

　　（做敬肅狀）娘，兒子總算給妳娶了個小腳媳婦呢！

　　（隨亞興婆一同由左側走道離去。）

黃得雲　　其實黃得雲心裡曾有過另一個男人，戲台上的伏虎
　　英雄，優天影粵劇班的武生姜俠魂。

　　當黃得雲失寵於豢養她的英國情人亞當史密斯的那
　　些日子，她連續看了許多個下午的天光戲，為戲台
　　上伏虎的英雄忘情叫好。

　　散戲後她在戲棚後台的一棵紅棉樹下找到了他，

　　（又開始忘情地用起戲曲身段手勢）姜俠魂的武生綠綢
　　褲，波浪起伏，撩撥得雲投向他的目光，那天晚上
　　黃得雲思前想後，最後想到在戲台上搭鋪與姜俠魂

並頭而睡，吸嗅他的鼻息，向他寬闊的武生臉膛依偎過去，得雲決定跟戲班子走。

（旋一個圈，她急忙到床後拿出箱籠）她拉過箱籠收拾家當，正當她在猶豫要不要帶走床上那張英國呢氈時，（宵禁的砲聲傳入）今晚宵禁的訊號開始，她走不成，走不成了。

香港殖民政府的宵禁令把黃得雲留了下來。

（她無奈地收拾箱籠，靜候清晨的到來。）

（燈光變化，由暗夜到天明。）

（得雲匆匆往台中央走。）

第二天清晨，黃得雲手拎箱籠來到拆去戲棚的廣場，紅棉樹下空曠無人。

（她心中淒楚，全身無力，無助地抱著箱籠跪坐在地上）得雲不願相信自己的眼睛，再也沒有誰可以依偎了。

（在下面各段中，姜俠魂化身為七個不同意態的武生，一一出現在場上不同據點。他們向觀眾展示身手，虎虎生風地述說有關姜俠魂的傳說。）

（通鼓鳴，一女子身穿勁裝，功夫褲，綁著紅腰帶，頭戴一頂淺褐色西式呢帽，出現在左邊的平台上，威風十足地打拳挪步）

姜俠魂一　　　　有關姜俠魂的下落，民間流傳著幾種不同的說法；
　　　　　　　　一說是最後他脫下披在身上的戲服，（左擺蓮）把
　　　　　　　　旱煙館塞在褲腰上，看準拋錨岸邊一艘外洋貨輪威
　　　　　　　　弗來號，拿出武生工架攀住繩索偷渡上船。（雲手
　　　　　　　　踢腿起式）他發誓今生今世天涯海角一定要找回被
　　　　　　　　苦力船綁架的父兄團聚，持這種說法的是他從此踏
　　　　　　　　上連自己也不知去向的旅途，（鷂子翻身）在海上
　　　　　　　　永遠消失了。

（姜俠魂二是一小個子的男生，頭戴瓜皮帽，也是一身黑色勁裝。他手
持單刀，躍上得雲床台，左虛步側防。）

姜俠魂二　　　　第二種說法也是與海有關。據說（掄砍起身）姜俠
　　　　　　　　魂激於民族義憤，加入海盜集團，以打劫英國商船
　　　　　　　　為對象。
　　　　　　　　（橫掃千軍式，起身平站）其實，香港海盜的淵源甚
　　　　　　　　深，明朝末年，盜魁劉香盤據此島為基地，香港
　　　　　　　　（震腳抖勁）就是因為劉香這個名字才叫香港。
　　　　　　　　傳說姜俠魂在一次行劫時（他從床台右沿跳下，在舞
　　　　　　　　台上成跪敗馬撲虎式）溺死海中，另一種與這有關而
　　　　　　　　又完全相反的說法是，他這一股海盜的船隊在一次
　　　　　　　　颱風時，被英國艦隊（回身兩個反纏頭裏腦，再一個

正纏頭橫砍，呈弓箭步前俯姿）消滅。

姜俠魂跟隨首領投降給遣回南粵耕種，（起身掄砍）
重又當他的農夫（收勢，右腳踏上床台，左手叉腰，
單刀點地於床台），終老一生。

（鼓聲。）

（一高大威武的男子，頭戴黑色西式呢帽，手持雙鐧，於觀眾席右側邊
廂平台走道上）

姜俠魂三　　（雙鐧上架，旋步兩圈，定住）第三種說法是姜俠魂加
　　　　　　入孫中山先生的革命陣營，以驅逐韃虜恢復中華為
　　　　　　畢生奮鬥的職志。（登山步，雙鐧白龍歸海式）持這
　　　　　　一說的是根據優天影劇團第一天在大王廟破台祭白
　　　　　　虎，（後輪鐧，柄擊刺，反背擊刺，回復白龍歸海，步
　　　　　　法則由登山步轉為吊馬）被台上姜俠魂伏虎的武姿所
　　　　　　感動的（二起腳，過渡式，吊馬轉成三七步）觀眾不
　　　　　　只黃得雲一人，據說有一位衣飾樸素，眼神堅定的
　　　　　　中年人，在戲結束後，（左右迴旋，雙蓋頂，雙鐧先
　　　　　　防後撩勾）便直接到後台來找姜俠魂。兩人促膝長
　　　　　　談，狀至投機。那夜，姜俠魂在灣仔碼頭抽完最後
　　　　　　一管煙，也不理會鳴砲宵禁開始，（滑步側踢）離
　　　　　　開碼頭，按著那個神祕中年人的指示，（小舞花，

十字分金式，虛步收勢）投奔革命去了。之後，孫中山回到香港，連絡同志在中環史丹頓街十三號成立興中會總部，為了避人耳目，（雙龍戲珠）以乾亨行的名義做掩護，糾合同志在西營盤杏花樓密商進攻廣州大計，準備利用重陽節港人回鄉之際（收鋼起身），炸毀兩廣總督府。

（鼓聲。）

（一名高大的男子，戴瓜皮帽，身穿淺褐上衣，黑色外套，持洪門槍出現在右邊的平台上）

姜俠魂四　　　持第四種說法的是（靈貓護腦式）那晚姜俠魂既沒攀上繩索偷入洋船漂流海面追尋父兄，（撥草尋蛇，烏雲蓋雪，左弓步上架回望）也沒加入海盜集團打劫英國船隻，更不可能按址投奔革命同志，和陸皓東一起犧牲成仁。（攔式）持這種說法的是按照姜俠魂的農民出身來推測，（攔、拿、扎）認為他缺乏飄洋冒險的膽識，也不易與出沒無定的海盜拉上線，（大鵬展翅式，蒼龍擺尾式）至於革命志士，國家大義，對一介農民而言，也嫌太過高深。

合乎姜俠魂出路的，持第四種說法的認為他最後被黑社會吸收，（兩個轉身撇竹式，丹鳳朝陽式）成為

三合會的會員之一。

（鼓聲。）

（一名小個女子，頭戴打鳥帽，手持黑色葵扇，出現在觀眾席左側邊廂的平台走道上）

姜俠魂五　　　但是，（撲虎式）目擊者指天咒地發誓，孫中山先生從事革命的史丹頓街十三號，（點打陽白穴）姜俠魂不只一次祕密出入，有時陪他去的（上步右穿心腿，麒麟步點脅）是那個到戲班後台探班的神祕中年人，有時是另一個戴了頂笠帽，（開扇）陪姜俠魂拜見三合會首領的那個黑衣人，（前戳，反身切頸劃腰）廣州起義的同志，（背扇）三合會的會員佔相當比例，由此可推論，（前進蹬步虛招，接回身點打）姜俠魂既可能是革命黨，又是三合會的成員，（左搖右擺，後撩陰腿）因此剛才那兩種說法（扇換手，右手撥橋，前踢、扇換手，四平大馬收扇，起立收勢）其實就是一種說法，而且是比較可靠的。

（鼓聲。）

（另一身形高大壯碩男子，一襲黑色戲曲武生裝，斜戴武生軟帽，腰繫紅色大帶，手持蟠龍棍，自左側翼幕雪花蓋頂，右舞花，左足蹬上屈亞

炳的椅子）

姜俠魂六　　對於姜俠魂日後混跡香港的下場，也是眾說紛紜，
　　　　　　一說（蹬棍舞花平舉式）他在重陽節打扮成肩挑海鮮
　　　　　　的乾貨商販，混入港人回鄉掃墓的行列，（鷂子翻
　　　　　　身吊馬防禦式）企圖押運槍械闖關，結果（退步前擊
　　　　　　式）革命黨人謀事不密，被香港殖民政府出賣，向
　　　　　　兩廣總督告密，結果這次起義沒發動（莊家劈柴）
　　　　　　就被鎮壓下去。
　　　　　　姜俠魂和他的革命同志所攜帶的槍械，（趟棍舞花背
　　　　　　棍）在廣州海關查出被扣留，四十多人被捕下獄，滿
　　　　　　清當局搬出最殘忍的刑法輪流逼供，據說，姜俠魂
　　　　　　（拍左腿上屈亞炳椅，一如出場姿態）至死不屈。

（鼓聲。）
（再一中等身材男子，著黑色功夫褲裝，戴頂鴨舌帽，邊舞雙節棍，邊
躍上後邊平台近中央區位。）

姜俠魂七　　（蟠龍翻身，反手右舞花）另一種說法（蘇秦背劍式）
　　　　　　他也是在殘酷的拷刑下喪命，（斧刃腳、穿心腿）中
　　　　　　環有一家專門供應英國人的麵包店，傳聞姜俠魂買
　　　　　　通麵包店打工的同鄉，在麵包放砒霜，（二起腳，

毒蛇吐信式）結果中毒的四百多人，港督夫婦也在其內，麵包商人一家吃了也嘔吐中毒。毒麵包事件震動全港英籍人士，（左右逢源式）逮捕了五十一名工人，後來八名涉嫌被控，其中姜俠魂的同鄉不堪苦刑供出了他，導致（交叉步轉身收勢）姜俠魂遇害的下場。

姜俠魂四　（離姜七、姜一不遠，如作結論般，在平台上說）也許說故事的人不願他們心目中的英雄無聲無臭的死在統治者鞭子下，他們穿鑿附會把另一件反英事蹟也算到姜俠魂頭上，說在毒麵包案之前，他曾經透過一位站崗的哨兵，把三合會一份密件送給山頂殖民者的華人管家，願意出五萬大元購買撫華道高和爾貪官的人頭。

（全體姜俠魂變換姿勢）以上這些傳說應該是真的，不會是憑空捏造的吧？

（全體姜俠魂各自取其拳械招式，連續八拍動作，再一起收勢停止）

姜俠魂一　（即左平台的女武生，觀眾漸看出，她由黃蝶娘串演）其實黃得雲還見過姜俠魂一面，時間是暮春乍暖還寒的一個星期日午後，（下一台階）地點是上環的西營盤一條暗巷口，（再下一階）他出去「做世界」（廣東話）時，三合會和別的堂口為爭街市攤位發生

械鬥。

從暗巷底（大起式，金雞獨立步）忽地閃出一個短襖彩帶的兄弟，姜俠魂揚聲問信，（弓步取寶）對方支吾，無法以幫會隱語暗號對答，姜俠魂便知是敵人差遣街頭遊盜散匪前來探路。（吞蹋步逼面槌，轉身直立）姜俠魂以三合會的隱語試探，（請拳式）對方無以作答，被識破身分，拔腳快步跑出巷口。

姜俠魂劍一樣竄出追趕，（偷桃爪，滑步側踢，伏虎式防禦，轉身直立）剛巧與路過巷口的女人，撞了個滿懷。

（此時椅邊的姜俠魂六單手舞棍花，身子一轉，低頭往得雲方向跑去，與手提著箱籠的得雲擦撞，兩人下意識的彈開。）

黃得雲　　被撞的正是黃得雲，（她抬頭細看著他的眉眼）她認出眼前這漢子正是她幾個月前不眠不休尋找的姜俠魂。

姜俠魂六　被認出的看了這女人一眼，絲毫不記得在哪裡見過她。

（面朝前幽幽地說）優天影粵劇團武生花拳繡腿的日子，對現時這位江湖好漢來說，是一個難堪的片段，幸虧短暫，早已摒棄在他的記憶之外。

自從歃血為盟發三十六誓登壇入會後，他久已不近女色。（語畢旋即一個翻身，往左側翼幕跑下。）

黃得雲　　姜俠魂追隨他的敵人去了。

得雲一下回不過神來，從他懷中抬起頭的瞬間，她看到那雙眼角上吊插入兩鬢，曾經令她夢魂牽繫的單眼皮的眼睛，就是這雙眼睛——她沒想到單眼皮的男人會是這樣性感——使她幾個月前，投奔劇班，追隨那對眼睛而去。

幾個月後再面對時，單眼皮上伶人上妝的那一抹古紅油彩不見了，剛才這個眼露凶光的漢子，和戲台上伏虎的英雄會是同一個人？

姜俠魂一　　遠遠地，從赤柱的方向響起小馬車的的噠噠聲，朝黃得雲駛來。

（艾米麗自右前側舞台走進，她挽著髮髻，一身素色淡雅裝扮）

艾米麗　　　聖約翰教堂湯瑪士牧師的女兒艾米麗和去年一樣，親自駕著小馬車，游說漁村正在醃鹹魚的母親送他們的女兒上學識字。她剛為般含道自設的學校招募新生回來，艾米麗迎著吹拂的海風，揚著頭，對她的教育事業前景充滿了信心。

黃得雲　　　（她提著箱籠垂頭喪氣的與艾米麗錯身而過）
　　　　　　荒郊野外突然出現素衣長服的艾米麗，要不是她灰眼高鼻，黃得雲真要以為南海觀音從天而降，她就會雙手合十，祈求觀音指點情人的下落，保佑他平安。

艾米麗　　　　（走了幾步在台邊頓住，對觀眾）艾米麗帶著困惑打量
　　　　　　　懸崖邊這位裝束古怪的女人，半隻臉沾滿香灰，手
　　　　　　　上帶了隻裝得滿滿的看起來不輕的箱籠，她應該是
　　　　　　　在趕路，而非跳海輕生。

（得雲悠悠晃晃的回頭，往艾米麗的方向看了一眼，往右下舞台走出去了。）

姜俠魂五　　　（即左側邊廂的另一女武生）亞當·史密斯生命中的兩
　　　　　　　個女人，就在這樣的場合相遇，彼此擦身而過，不知
　　　　　　　道對方的身分。目送黃得雲磕磕碰碰向赤柱的方向走
　　　　　　　去，艾米麗雙手合十，祈禱上帝給她指點迷津。

（艾米麗往右側翼幕走出，同時眾武生也向四面八方散去。）
（舞台空了半晌，〈客途秋恨〉音樂淡入，燈光轉換。）

黃得雲　　　　（自右側平台再度走上）黃得雲出門尋找母子棲身之
　　　　　　　所。她頂著煌煌烈日，穿街走巷，心也惶惶然。
　　　　　　　（往舞台中心走去）不知不覺又來到中環石板街，石
　　　　　　　階一級一級往上延伸，鬼使神差，她又站在這條與
　　　　　　　她命運相繫的石板街。
　　　　　　　（一步步往平台上走）

（倚紅閣的老僕婦自右側平台出現，她一身粗布衣裳，緩緩地晃上石階，她打量得雲一會兒。）

僕婦　　　盯妳看了好一會，這女的好面熟，不會吧，要不是頰邊這顆痣，還真怕認錯人呢！是那個東莞女阿雲，沒認錯吧？

黃得雲　　怎麼會在這裡碰見南唐館的阿嫂？她只有默認。得雲隨口問及鴇母倚紅的近況。

僕婦　　　事頭婆呀，還不那個樣。（她作出吸鴉片的手勢）時不時還會問一句：那個東莞女阿雲啊，念著妳呢！

黃得雲　　明知是假話，聽到黃得雲淒苦無依的心裡，仍是一酸一甜。

僕婦　　　也不想想當年花多少心思，從頭到腳，把妳鄉下姑娘調弄成一朵花，露一下臉都捨不得，矜貴得金子似的，結果門檻一跨出，再也不見人了！

黃得雲　　看我這樣子，回去只怕認不出了。

僕婦　　　阿雲怕什麼？胭脂水粉往臉一抹，憑你這顆痣，還怕掙不了銀子？

（倚紅自右側走上平台，仍是一身華麗的綢緞衣裳，走路時一搖一擺的晃著。）

倚紅　　　倚紅年紀大了，不再像以前費心調理年幼的琵琶

仔，她利用舊日關係，專門引誘大戶人家的小妾，到這半開的門裡來發展別有洞天的風月。

（她挨近得雲，牽起她的手，摸了摸粗皮……）哎呀呀，瞧妳糟蹋的，枉費做娘的一片心喔！想當初你一進我這門，連洗臉都不敢讓你淫了手，唉！還真讓人心疼呢！（她假裝用衣袖拭淚，一副心疼不忍的樣子。）

黃得雲	黃得雲沉浸於自己的悲哀裡，連鴇母隔著袖子睜大三角眼就近打量她也毫無所覺。
倚紅	當初秘授房中之術時，倚紅曾經把她遍體捏過，發現黃得雲天生軟骨，特別費心授以種種媚術，賣她的身價費至今仍未被其他琵琶仔超過。鴇母拿眼光撫摸輕撩女體，感到比以前更豐若有餘，肉柔骨軟，但畢竟大了幾歲，復出後只能侍候那些花叢老手，薦枕陪人家過夜，慢慢煲。
黃得雲	黃得雲別後的遭遇被她三兩句話就套了出來。說到英國人置屋豢養……
倚紅	鬼佬帶去同居，問他要了多少身價錢？
黃得雲	疫病正厲害的時候，亂烘烘的……
倚紅	唉唷，蠢女，（她輕捏得雲的下腹）平白讓鬼佬睡了，還留下種，這是我教妳的？
黃得雲	得雲無奈的分辯英國人遣散金到是到了手。又被盤

問出英國人底下的華人通譯屈亞炳……

倚紅　　倚紅猜出她與姓屈的有頭尾，又給甩了。看相的說妳阿雲生來夫人相，我做娘親的每天燒香拜佛，指望妳嫁人做個寵二奶，最後扶了正，把我這兒當娘家走動，風光風光，給我倚紅閣掙口氣……

黃得雲　　只想望安安穩穩過一世，把兒子養大了，也就算了……

（得雲無奈的哭訴，話未說完便被倚紅打斷）

倚紅　　阿雲妳不死了這條心，那妳可跨錯了門檻！不是我一個人說的，乖女，妳這張臉，躺下來更好看，天生註定吃這行飯。

（又挨近得雲，說體己話似的）這趟回來，總該知道什麼是真的，什麼是假的！眼光放準了，碰到個疼惜妳的，不妨趁勢斬了他一頸血，多少銀子金器落妳手中，這才是真的。

（講完欲去，又再叮嚀）別溜嘴供出拖了個兒子在身邊。（她邊說邊往左側退下，話尾跟著身影淡去）

奇了，你這張臉，躺下來更好看。天生註定吃這行飯。就認了吧！

（南音曲唱音樂淡出，全台寂然。）

黃得雲　　（得雲任倚紅偕僕婦離去，她低著頭渾身顫抖，轉過身來又往石板中央徬徨的走去）

被短暫的愛過，英國情人不告而別。黃得雲帶著她留下來的骨肉無路可去。

她嫁不成傳統圍村走出來的中國男人，

心目中的打虎英雄又煙消雲散，

回轉煙花地，重溫倚紅老鴇的青樓手腕？

她告訴自己，她再也不走回頭路，石板街上的脂粉煙花生涯對她已成過去。（她走下平台，面目已霽，緩緩往碼頭方向走去）

她尋找上岸時的畢打碼頭好上船，沿著原路逆水而上，回去東莞老家。怎麼回事？本來應該放眼看過去的一片大海，籠罩在滾滾黃塵之中，那個異味雜陳、人頭鑽動的畢打碼頭不知去向，四周飛沙走石，面目全非。黃得雲在黃泥漿裡一腳高一腳低地踩著，遍尋不獲那年她下船的碼頭。

（她抬眼瞭望至遠，再收回目光，想著自己，忍住淚，按下心，緩緩仰起頭，燈光轉變。）她回不去了。

（燈漸暗。上半場完。）

中場休息時，舞台上增加了建築圖案的長幅翼幕，

平台右邊也出現一個長方形的柱體，像近代香港的格子房樓。

平台中間的階梯兩旁，放置兩個木製方體，

也是平台的延伸，也可做椅凳等用。

另外，在半空中也增加許多塊橫橫豎豎商店、酒樓的招牌。

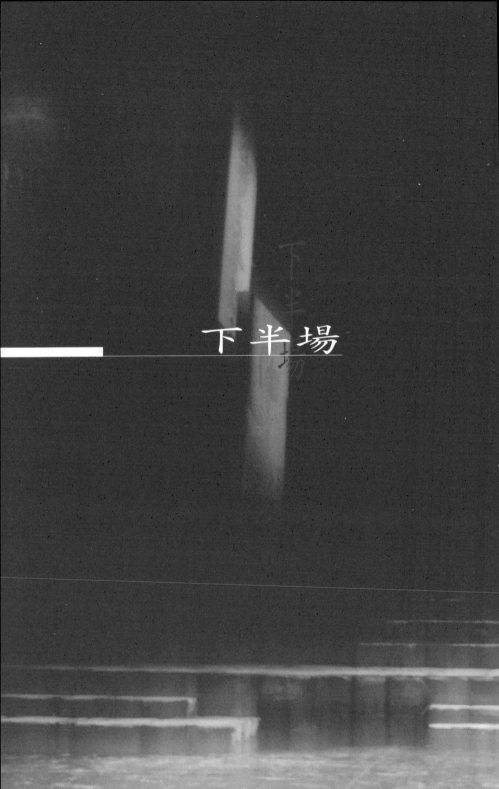
下半場

（在下半場開始之前，先聽到管絃樂演奏〈下半場的開場曲〉，開朗、明亮的旋律象徵著香港的繁榮、香港人的積極與奮鬥。）

（觀眾坐定之後，燈暗。音樂持續，舞台上燈光再度亮起時，黃得雲和兒子黃理查已站定在平台上，身後跟著僕婦霞姑。得雲與理查神氣炯然地看著遠方，音樂聲逐漸轉弱。）

（黃得雲一襲深褐色亮面及地洋裝，搭配同樣色澤的長披巾，珠鑽首飾，細跟高跟鞋，整個人顯得高貴雅致。理查則穿著深色西裝上衣，淺灰的長褲，相貌就是中國人，只帶著一點點亞當史密斯的輪廓影子。霞姑是典型的僕人裝扮，白唐裝黑長褲，一根長辮子，手上挽了個藤製的提籃。）

黃理查　　廣州開來的火車抵達尖沙咀車站，群眾扶老攜幼前來圍觀這奔馳地面的鋼龍，嘖嘖稱奇。黃得雲和兒子理查也曾經過海擠在人群中開眼界。

黃蝶娘　　（從左邊走進舞台，她站在隱約的樹影中，穿黑色無袖低胸洋裝，捲曲波浪的長髮披肩。她接著上半場的語氣向觀眾敘述黃得雲的故事）

這條鋼龍可以帶黃得雲回東莞老家，她一別二十年的故鄉。

但曾祖母始終沒有衣錦榮歸，當年她咬著牙回絕了倚紅老鴇重回青樓的邀約，拖著個孩子卻找不到回鄉的碼頭，她知道回不去了。

黃得雲	（稍微移動步子，也委婉道來）每天看著日影過日子，等著黃理查從學堂回來，承蒙街坊周嫂的介紹，到文咸東街口最大的當鋪「公興押」，伺候當家老太太十一姑。
黃理查	（在她身後，看著她）這家的媳婦沒有一個人識字，母親黃得雲的工作就是爲十一姑念報紙，念華文的報紙，也有念英文的。
黃得雲	（憶起當時的心境）這密密麻麻的鉛字究竟藏著什麼訊息，令老太婆急著要找一對眼睛讀給她聽？
黃理查	（走下平台）幾年下來，從十一姑那裡學了做生意，也學會了做個當家生意人的道理。 （故做平淡的語氣）這個生意是當鋪的生意，也有做高利貸。母親打著一把十七行珠子的算盤，處處學著精打細算。
黃蝶娘	十一姑老太太死後，當鋪劫難風險不斷，黃得雲已嫻熟內外雜務，儘管公興押當鋪易主，由英商老字號渣丁洋行收購接辦，大班馬臣士的親信手下王買辦也對曾祖母另眼看待。
黃得雲	兒子黃理查小學還沒畢業，做母親的求著當鋪的新老闆王買辦幫忙說項；黃得雲說他這命苦的孩子，在華人上的學校受盡欺侮，好不容易熬到快畢業了，她這輩子最大的心願是送這沒有父親的兒子到

大書館皇仁書院讀番書。

黃理查　　　洋人之間互通聲氣，皇仁的洋校董點頭答應了。（他走向右側的凳子坐下來）黃理查穿上皇仁中學的校服，手上還拿了把紙扇上學當「番書仔」，王買辦送給他一本三十二萬字的《英語集全》，這本書是用廣東話寫的，為了方便廣東人和外國人打交道，還特別寫了買賣問答，詳細教人怎樣學說買辦話。

黃得雲　　　細佬剛上學，還小，這本書我代他保存，有空時也想看看。好幾年沒說夷語，怕不都忘光了！（若有所思，往台階上走。）

黃理查　　　黃理查從大書館皇仁書院畢業後，憑著她做母親的認為「說起英語來，就像英國人一樣」的語言能力，經過王買辦的引薦，投身渣丁洋行，從最低層的職位做起。為大班馬臣士先生效命。

黃得雲　　　（眼角閃爍有光，氣勢不凡）黃得雲看出自九廣鐵路通車後，各行各業的商市雲集，何文田、油麻地一帶必將日趨興盛，風光指日可待。

黃理查　　　幾年之後，黃理查聽從母親的建議，進入洋行的房地產部門學起做土地買賣。

黃得雲　　　（站上左側的高階）英國人移山倒海，本事大得很，短短幾十年，我親眼看到皇后大道讓位給德輔道，

這下又讓位給干諾道了⋯⋯，那麼大一片地，可蓋多少大樓，長遠來看，土地才是大買賣。

（黃理查走向母親，攙扶著她走下來，然後再陪伴著母親慢慢往碼頭方向走去。）

黃理查　　中環海旁經過十多年的飛沙走石，多出了一大片新填地，真是名副其實的聚寶盆。

（輕輕一笑）以後政府拍賣官地就好了，金額直線上升，比鴉片煙稅還賺得多。

黃蝶娘　　（她仍站在樹下，目送著曾祖母和祖父）土坡地上的洋紫荊，正逢開花時節，觸目全是一片鮮亮的紫紅。

已入中年的黃得雲，被看到由兒子扶著，來到油麻地新填地，踩在屬於他們母子的第一塊土地，迎著黃昏的海邊走去。

（燈光轉換，洋紫荊的花影映照在牆景上。演員做家僕打扮，搬上兩張歐式骨董沙發椅。單人的斜放在左邊；雙人的那張放在舞台右前，得雲安適尊貴地坐進左側的沙發椅上。

黎美秀挽著高高的髮髻，穿著淡褐色鑲紅花短袖長旗袍，自左側翼幕走出。）

黎美秀	黃家成員中，唯一抱怨生不逢時的，就只有黎美秀，黃理查憑媒妁之言相親來的妻子。
	她總會搖頭嘆氣，自嘆時運不濟，她生命中兩個重要的大日子，全都碰到香港大罷工；一次是一九二二年她出閣大喜之日，另一次是三年後她兒子黃威廉擺滿月酒的那天。
	黎美秀家從印尼搬來香港，父親的生意做的好是好，還是希望能跟香港本地的大戶人家結親，本來黎美秀的父親早早就訂下了人伕，出閣的前兩天先把嫁妝搬過去，多繞幾條街風光一下，只是火車、電車一鬧罷工，人力車也難找，請媒婆去傳話，希望他們迎親時的工資和賞錢可小氣不得，沒想到全市工人都跟著罷工了，連敲鑼打鼓的也找不到，這怎麼辦呢？是不是要延期結婚？（她追溯著當時的擔憂，邊說邊靠著雙人沙發椅的邊角坐下。）
黃得雲	（霍地站起身）送盒嫁妝可延後，黃得雲堅持新娘入門的吉日良辰改動不得，黃家就是請不到絲竹鼓樂、八人抬的彩轎，吹吹打打去迎親，這婚還是要結的。
黎美秀	也虧她不知從哪裡弄來一頂寒傖的竹轎，一塊粗糙的紅布橫過轎頂，歪歪扭扭覆蓋下來，充當喜轎，兩個無精打彩的轎夫，一前一後抬到黎家門口，無

聲無息就要迎娶新娘。

霞女　　　　（就在單人沙發椅左側，往前去幾步）迎親的鼓樂、儀
　　　　　　　仗，抬花轎的工資，紅包全省了下來。過些日子市
　　　　　　　面恢復了，黎家還得雇車子把妝奩送去。
　　　　　　　黎家的老祖母看著孫女這樣出閣，老淚漣漣，說黃
　　　　　　　家有洋行的買辦做靠山，欺負他們是從印尼來的華
　　　　　　　僑。

（黃理查此時往美秀方向靠近，倚在沙發後頭。）

黎美秀　　　少去鼓樂嗩吶三催三請，黎美秀哭哭啼啼的上了竹
　　　　　　　轎，被抬到一個全然陌生的所在。

黃理查　　　那時候還是老法結婚呢！黃理查在眾人催促下，揭
　　　　　　　開朦在新娘頭上的紅蘿帕，他的第一個動作是撥開
　　　　　　　她額前虛攏的頭髮。（開始撫摸美秀）

黎美秀　　　在他陌生的新房裡，嫁妝還沒送來，一睜眼全是老
　　　　　　　古董式樣的大家具。後來才知道是他們母子經營當
　　　　　　　鋪生意的時候，黑心弄到手的老貨色。唉！一件新
　　　　　　　式東西也沒有花錢買。這和她私下嚮往的新家相去
　　　　　　　太遠了，她盼望的是牆上貼著浪漫溫馨的花草壁
　　　　　　　紙，梳妝台上最好有一盞柔和的檯燈。

黃理查　　　美秀遠遠看起來還不錯。她梳著時興的一字式劉

海，長長的像簾子似的蓋住眼睛。先施公司天台茶座相親的那一天，男女雙方不曾交談，只能相互遙望，黃理查就想把髮絲分開，好看他的新娘。（他挨著美秀身邊坐下，緩緩地將美秀雙肩轉向自己，試著摟她、親她，美秀只是一個勁兒的躲。）

黎美秀　　（坐在他身旁，側頭對觀眾描述）可惜這是黎美秀唯一對丈夫的溫柔記憶。

黃理查　　（一面對她溫存，卻同時對觀眾說）同樣的一雙手，在他新婚之夜時對她伸過來、伸過來，美秀緊閉雙眼，拚命往床裡躲。（理查被逼得不耐煩，把美秀推到一邊）怎麼這麼笨？她嘴裡唸著玫瑰經，抗拒伸向她的那雙手。

黎美秀　　（雙手交握在胸前）天主聖母瑪利亞，為我等罪人，祈求天主，免除我的罪。

黃威廉　　（黃威廉——理查和美秀的兒子黃威廉已從左側走出，坐在中後的木凳上）
　　　　　但是黃威廉還是出生了。
　　　　　黎美秀生命中的第二個大日子，她為兒子黃威廉擺彌月酒，偏偏又碰到一九二五年香港工人支援上海的「五卅慘案」，宣布省港大罷工。

（二人敗興地斜倒在沙發上，再調適後漸漸起來坐好。）

黎美秀	為了補償結婚喜宴的缺憾，黎美秀透過丈夫大肆張羅，在華貴的天香酒樓訂了十桌，菜單也早就擬好了，有太史五蛇羹，紅燒鮑魚片，掛爐填鴨，脆皮片雞，清蒸斑魚，當然還有酒樓的招牌菜——大排翅。總不會和上次一樣，結婚那天，滿桌子的鹹魚、臘味和火腿。
黃理查	她不知道罷工越演越烈。（漸漸站起，往後走）華商一向抱著「大亂居鄉，小亂居城」的心理，恐懼英軍屠城，紛紛關門回鄉。皇后大道，德輔道中的商店關閉有十之八九。 很多有錢人都怕了，錢也不要賺，都走了。
黎美秀	街上交通停頓，垃圾也沒人收，香港成了臭港，根本買不到新鮮的肉、新鮮的菜——。
黃威廉	（緩緩地走向美秀、理查，對他的父母親調侃地說）So, that's your excuse.（再對觀眾）黃威廉的彌月酒泡湯了！
黃理查	英國商人和大班，才擔心他們在殖民地的一切投資要泡湯了。
黎美秀	（急欲解釋地站了起來）我們只有你這個仔，怎麼不想好好擺酒請請兩家的至親好友。 （她再小心地走向得雲，理查也跟在美秀身後） 黎美秀原來以為有了這個兒子威廉，可以拉近自己

和黃理查他們母子之間的距離。婆婆黃得雲多病，三天兩頭躺著起不了床，讓兒子媳婦僕人深感不安，我只有長年累月捧著醫書小心侍候。（站在舞台中左，正好在黃得雲坐椅的「門外」。）

黃威廉　可是祖母常把母親請來的西醫，讓霞姑擋在門外，祖母其實是不願理人，躲在帳子後面想心事，說是身子不舒爽，免得受到打擾。

黎美秀　威廉那時候還小，愛管大人的事，也只有他可以跟著霞姑闖進他祖母的房間，但若是祖母躺在裡面，誰都不敢進去掀開帳子。

黃威廉　（換個話題，對父親聊天）那年大罷工的時候，華人就要求居住自由，要求取消鞭打、私刑，要求選舉代表參與訂定勞動法。「西商會」的洋人會員都以為華人瘋了，「簡直就要騎到殖民者的頭上來了嘛！」

黃理查　（對威廉說，父子幾乎同步而行，漫步往後舞台）他們賺錢享樂了這麼多年，一聽到這種話當然動氣了，香港再亂，我們都是不會走的，到處都是空屋，地價一落千丈。

先買啊！過一陣子地價又暴漲了，英國人不懂得做這種生意，大班只覺得二次罷工後，買辦們沒有以前那麼卑躬屈膝，令他們十分不安。（邊走邊獨自

（回頭，對觀眾）大班的老婆很多都先回英國了，他們的女兒也嚇得不敢出門。洋大人家宅的園丁、傭人，連總管也都走了；沒有僕人，沒有下午茶，沒有宴會，夫人們的日子不好過。

還有啊！英國女人——他們怕有色人種，怕被黃皮膚的男人強暴。

（他嘲弄地輕笑了一聲，父子兩人拍拍袖口、抖抖腿，走至木凳處坐下。）

黎美秀 （好像她都聽見了）這一對父子的腦袋裡也不知道在想些什麼？唉，賺黑心錢，唉——女人。 （她走到理查父子附近。他們父母子三人成聚在舞台後面。）

（燈光轉換。）

黃得雲 在鋪天蓋地的資料中，有一幀泛黃的照片，照片中這位罷工的領導人看起來果真氣勢軒昂，旁邊站了個高他足足半個頭、昂然直挺的人影……

奇怪的是，整張照片只有這人面目模糊。然而，看他挺立的姿態，黃得雲的心突然一動，（她不自覺的站了起來）聯想到紅棉樹下的人影，會是——姜俠魂？

（輕微的鑼鼓聲由遠處傳入。）

黃蝶娘　　（站在平台左側高處）姜俠魂的英雄事蹟一直延續到
　　　　　二十世紀。姜俠魂又一次露面是在英國殖民者把新
　　　　　界圍村的一對連鎖鐵門物歸原主的交還典禮儀式
　　　　　上。慶祝的人潮如浪般湧來，在一陣敲鑼打鼓放鞭
　　　　　炮的間歇裡，突然揚起一聲暴喝：「工人萬歲！」
　　　　　（她激昂地走到椅子前）據說高舉拳頭，帶頭歡呼的
　　　　　正是姜俠魂。
　　　　　（改用浪漫而沉醉的語氣）目擊者形容他英挺如昔，
　　　　　傳奇人物歲月不侵。（對觀眾）唉！真遺憾！恨不
　　　　　得早生幾十年，那就可以和姜俠魂這傳奇英雄談戀
　　　　　愛了！

霞女　　　（帶點權威，也帶點好笑）拜託，你也不想想看，算
　　　　　一算，姜俠魂差不多都可以做你的曾祖父了！

（蝶娘不理她，長髮一撩，轉頭而去。）

黃得雲　　（接過霞姑遞給她的小鏡子，打開鏡盒，漫不經心的理
　　　　　弄一下鬢邊的花朵）黃得雲望著鏡子，有點心神恍
　　　　　惚。

（西恩修洛從左下角走出來。他穿著咖啡色獵裝式上衣，繫著絲質領巾，戴著玳瑁邊眼鏡。手中捧著一台古老的相機正在對焦。）

黃得雲　　她也知道此刻西恩·修洛一定捧著奇異的黑匣子，說是可攝人影的照相機，在樓下癡癡的等著她，

西恩　　　等著爲盛裝的黃得雲拍照。（按過快門，抬起頭來對觀眾說）這個小他好幾歲的英國人經常以無比的耐心，枯坐客廳靜待黃得雲裝扮妥當，出現在他面前，然後西恩溫文有禮的挽著黃得雲去出席一個個宴會。（他伸出手臂讓得雲挽著，兩人並肩沿著舞台前緣，自左向右翩然走過走去）

霞女　　　不是我愛說，黃太穿上這套衣服，好靚啊！好像新娘喔！（她心懷喜悅地望著她主人雍容而嬌俏的身影，然後從左邊離去。）

西恩　　　妳實在太美，太像新娘了，蝴蝶。（他停下步子）第一次見到妳，我還以爲妳是理查的妻子，（故作幽默地說）妳們不是有這種風俗，妳比他大幾歲？

（得雲笑而不答，兩人在角落傾心相談。）

黎美秀　　（站在左邊酸酸地說）婆母大人黃得雲駐顏有術，直到中年，她身邊還是有很多男人打轉。

不過，中國人就不會看走眼，頂多說她是理查的姊姊。

（回頭掃了丈夫一眼）黃理查，卻不見得會看上比他年紀大的女人。

他呀……哼！（停住不講了。）

黃理查　（也站起來，在他妻子的身後走來走去）嗯哼，我不懂得妳又在講什麼？妳也讀了聖心書院，也在洋行做過秘書，我母親就是看上妳這個，才找媒婆到妳家提親的，以為娶過來可以當我黃理查事業上的幫手……妳也不懂我啊！什麼忙都幫不上。

黎美秀　窮的男人嘴碎，就會嫌老婆。理查有錢，還是嘴碎。你去找你的外國女人、番鬼婆好了。

你傷了我的心，我們什麼都不用講。

（她傷心地走至單人沙發）

黎美秀到了晚年常常擔任慈善會的主席，為醫院籌募大筆捐款，每個月還率領富太太們到醫院去慰問病人。（她坐進椅子）她說就是為了他們黃家，向天主贖罪，才這樣拚命服務。

黃威廉　兩次罷工之後，王買辦爺爺漸漸離開洋行，說是退休，不過還是做他自己的外銷生意去了。洋大人打電報來留他也留不住。所以不久之後，父親理查（此時理查拿起口袋裡的象牙小扁梳，高舉雙手，當眾

梳理著西裝頭的兩側；動作鮮明。）終於當上渣丁洋
行的買辦，和祖母在上環永樂街開的地下錢莊配
合，活躍商場，賺什麼錢都擋不住了。

（理查自滿地走至凳子處坐下，威廉則站在他的右方。）
（燈光轉換。）

屈亞炳　　　（從右邊出場，越過長沙發後輕笑一聲，停步）黃得雲
　　　　　學做生意的風聲傳到屈亞炳耳裡，他表示不予採
　　　　　信。
　　　　　黃得雲再是脫胎換骨，在他心目中永遠只是個出賣
　　　　　肉體的妓女。屈亞炳在茶樓裡見人竊竊私語，他假
　　　　　裝倒茶上前豎耳傾聽，期待聽到耳裡的是不滿統治
　　　　　者的議論，沒想到卻是生意場中與黃得雲有關不乾
　　　　　不淨的曖昧之事，從十一姑當鋪上上下下的掌櫃、
　　　　　夥計、老爺、少爺講起。
　　　　　屈亞炳啼笑皆非（搖頭晃腦，神氣活現地），果然不
　　　　　出他所料，黃得雲那娼婦原性未改，他總不相信一
　　　　　個女人能做什麼事；沒有祖業，沒有父兄庇蔭，沒
　　　　　有男人相幫的女人。（他不可置信地繼續搖著頭，越
　　　　　過中線，走到單人椅旁做他的結語）
　　　　　屈亞炳一邊喝茶，一邊睜著長而狹邪的眼睛四下張

	望，耳聽八方，觀察民心向背，蒐集情報，定期給警察頭子懷特上校彙報。
西恩	（與得雲在舞台的右角，大廈柱前）在西恩修洛眼裡，黃得雲不只是美麗而已。他認為得雲有眼光、有氣魄，她知道看準時機投資現成的樓房，坐等地價上漲，她透過西恩修洛的擔保，大舉向匯豐銀行貸款。
黃得雲	再以賺來的利潤投資到規模更大的房地產，如此像翻跟斗一樣，愈滾愈大。（忍不住笑意盎然。）
黃威廉	（往得雲方向靠近）父親更進一步向殖民政府投標承辦九龍大角咀的填海工程。祖母一聽要跟政府合作，就不感興趣。

（得雲離開西恩的懷抱，往台中央走了兩步。）

黃得雲	Richard 要與港督合作工程，使得黃得雲又驚又懼，她一向對政府不具任何好感，也從不信任政府。自從被人口販子綁架到香港來的那一天開始到現在，自覺從未受到一絲一毫的照顧，反而規矩重重，懲罰起來絲毫不留情。從事房地產買賣之後才知道香港的土地屬於英皇所有，買地花的錢等於向英皇租用，她更對於殖民政府的土地制度忿忿不平。

| 黃威廉 | （向祖母走去）祖母捧著算盤，覺得成本太高，時間週期太長。 |
| | 母子之間好像失去了默契。 |

（扶著孫子的手，往長沙發坐去。）

黃得雲	（對威廉抱怨）這樣的政府，Richard 不但不保持距離，還要跟他合作，填海造地。（威廉在祖母身旁蹲下來）唉……娶了老婆的兒子，就由他去吧。
	黃得雲聽說港督爲了繁榮西環的新填地，下令把妓寨從擺花街搬到石塘咀。
	（亞當史密斯自左前舞台進入，他衣衫不整，像是喝多了酒，走路搖搖晃晃，手裡勾著件外套，隨意搭在肩膀的一邊。而西恩則在得雲身旁坐下。）
	她對那青樓煙花地的變遷漠不關心，即使她有機會在石塘咀的奇香妓院發現亞當史密斯，這個曾令她夢魂牽繫，刻骨銘心愛過的英國情人，正在密室懷抱著妓女舉杯對飲，如今她也不會有什麼失態的反應。
亞當	亞當史密斯的確常被看到出入奇香妓院的密室。
	（音樂淡入，〈史密斯的墮落〉主題）晚上他摟抱伴酒的娼妓，滿眼紅絲衣冠不整地等待建築包商謝傑米

如約而至。謝傑米他打聽到史密斯仍然獨身，無法像前任官員一樣走內線饋贈獨特禮物給夫人，靠夫人游說助一臂之力，卻見史密斯滿眼紅絲宿醉未醒，決定把暗中談妥的數目換成泰源錢莊的銀票，約好在奇香妓院密室面交，這樣的交易史密斯進行了好幾年，終於被人舉發他利用權力營私舞弊。

（屈亞炳在舞台另一邊不屑的冷笑一聲，往左側翼幕走出，亞當史密斯則癱坐在左邊沙發上。）

黃得雲　（正面對著觀眾說）關於亞當史密斯的下場，也有傳聞著幾種說法，一是他獲得港督特赦，遣回英國老家，行前在香港會所對歡送他的英國同胞大言不慚的表示，他對香港這個充斥水手、妓女、貨棧、商人和賭場的殖民地絲毫沒有留戀，他絕無遺憾的離去。

西恩　（比較寬容、紳士的口氣）另一種說法是史密斯的貪污案被揭發後，連夜畏罪潛逃，後來殖民地的皇家警察在碼頭的一艘外洋船上找到他，史密斯為了藏匿，改裝易容，打著光腳，穿著華人苦力的短衫短褲，把他的鬍子剃掉，而且還裝了一條假辮子。

亞當　（也加入談論自己的下場）亞當史密斯的私生子黃理查，卻寧願把他下落不明的父親和賽馬場的大火聯想在一起。

那是發生在中國新年，英國人在殖民地一年一度的賽馬大會，馬棚外的攤販起了火，結果一發不可收拾，整個賽馬場陷入火海，五百多人喪生；Richard 寧願相信他的父親 Adam 是這五百個死難者中的一個。（此時理查不由自主般從後方站起，而亞當往舞台右後方退下，經過理查等人時，與理查對望片刻，父、子二人皆無任何表情，任何動作，亞當史密斯隨即下台，邊說邊走出去。）

香港是個充斥水手、妓女、貨棧、商人和賭場的殖民地，我沒有絲毫留戀，我絕無遺憾的離去。

（燈光漸漸轉換。）

西恩　　　二次大戰期間，日本佔據香港，接收匯豐銀行大廈作為行政中心，改名總督府。

已經升任為銀行總裁的西恩修洛被迫棄職，他隱居鐘樓，足不出戶編錄整理他的熱帶植物標本。

（台上安靜了幾秒鐘，〈支那之夜〉音樂進。）

黃得雲　　　西恩修洛瘦高的身子，依然是微駝的坐姿，只是兩鬢微微帶霜，他是等黃得雲等白了頭。

黃理查	（起身走向舞台前）一開始沒有人相信日本人會打香港，香港的上流社交圈，聞嗅不到一絲抗戰的氣息。不少黨國元老，名公巨卿都來了香港，賽馬、園遊會、舞會每天都有，他們婆媳兩個也忙得很。
黎美秀	（走到黃理查身邊）黃理查在陪殖民地英國官員打完木球，就去出席日本駐港總領事的海上遊艇派對，不少日本間諜都曾經是黃家宴會的座上客，不過當時是不知道他們的身分，他們都是偽裝的生意人。
黃理查	理查不只一次在公開場合發表過親日言論，後來還給人攻擊過，黎美秀的生活更充滿了矛盾，白天她救濟難民，到醫院慰勞傷兵，到軍衣工廠縫衣服，忙到天黑，又趕回雲園陪丈夫參加晚上的宴會。
	（兩人猶如經歷了重重難關，相偕往後方走去。）
西恩	黃家在得雲最富有的時期，大興土木，興建過一座雲園。黃得雲靠西恩修洛的關係購買了義大利精美大理石，沒想到雲園完工後，為了內部的布置，兩人有明顯的差異。
黃得雲	（起身）總之，西恩要把雲園布置成古色古香的中國情調。
西恩	黃得雲卻不知從哪裡搬來好幾尊希臘女神石雕，弄了一屋子金光閃亮的路易十四家具。
黃得雲	把西恩本來要請畫師彩繪「西廂記」的那一面牆。

西恩	掛上一張洛可可風格的掛氈。
黃得雲	結果呢？
西恩	各擺各的，使雲園中西合璧。（兩人相視而笑，進而親蜜的相擁。）
黃威廉	小時後我躲在維納斯雕像後跟女傭捉迷藏，和景德鎮燒的彩釉大花瓶比高度，我在雲園長大。 祖母和西恩常常在黃昏的時候，並肩坐在山茶花架的前面輕聲說話，當月亮升起，霞姑哄我去睡覺的時候，西恩就回去他家了，（輕聲仍加強地）他從未在雲園留宿。

（西恩與得雲繾綣情深，但他只親吻了她的手，隨即轉身慢慢往沙發後方走。）

黃得雲	然而日本人仍然在聖誕節前夕攻佔了香港，英軍和華人都死傷慘重。 日本人實行種種殘暴措施，也硬性強制全港市民疏散回鄉，返回內地，規定人口從一百五十萬要降至六十萬人。 經歷了香港多少次的變動，黃得雲都沒真的想回鄉，日本人的佔領讓得雲也動搖了。（她緩緩解下領巾，將它圍在頭上）結果在碼頭聽到西恩被送到赤

柱的白人集中營，黃得雲又突然決定，她要留下來。

西恩　　　（語氣越顯衰老、艱難）西恩逃避過得雲，他對得雲難以啟齒他性無能的隱疾，而回去過倫敦，但是他太想念他的蝴蝶了，不到一年還是不顧一切的回到香港……

赤柱的集中營中，多半是歐籍的平民和港府的外籍官員，也有洋行大班和我這種銀行經理。

（衰弱但充滿柔情）

得雲守候著，想辦法花錢打點找人照顧他，得雲和西恩之間產生了難以割捨之情……西恩心中充滿了前所未有的安寧與幸福。

只是，他染病的身體卻日漸虛弱，痢疾使他連腰都直不起來。

黃得雲　　直到有一天，得雲送東西去的時候，看不到西恩，只看到一群骨瘦如柴，臉色蒼白，眼簾低垂的一群白種人走過。

西恩　　　西恩修洛這位標準紳士，被形容成殖民地最搶手的單身漢，卻唯獨對黃得雲動心的人，就這樣死在集中營裡。

據說，他是黃得雲最後的愛人。

（他駝著身子往舞台右後走出。

得雲落寞的低著頭，在下段的敘述過程中緩緩站起，四望回顧空寂庭園……。）

黃威廉　　祖母黃得雲卻再也不願出現在任何公開場合。

有關她後半生的傳說，更是變化多端，就像她前半生驚心悲歡，大起大落的經歷，認識她、不認識她的人，都一輩子理不清、說不盡。

（他望向祖母得雲，充滿疑問、期待和同情）

而她在陰晴不定的季節裡，更是靜默不語。

（祖母得雲漸漸轉身準備離去）

我偶爾見到祖母在窗前遠望的側影，她似乎對香港的變化了然於胸。

（管絃樂〈黃得雲隱居〉主題淡入，得雲最後一次回頭看這舞台上的一切，威廉目送著祖母的背影。音樂停止後，舞台靜默片刻。）

黃理查　　（在舞台中左處）抗戰勝利，日本人走了，英國人又回來了。

當年投降的港督，好慘啊！也從滿州國回到香港復職。在米字旗的飄揚下，他提出了一個香港沒有人理的「自治計畫」。更重要的是，大力恢復香港的貿易及經濟，香港人啊，更關心這個。

黃威廉　　同時上海的華資及英資紛紛來香港開拓設廠。

接受高等教育的人增多，沒有人願意只是做買辦。買辦制度式微了，本地香港人結合新移入的資金和技術人才，要求自主的創造事業，香港人開始知道，要發大財，不是發小財。（他走向左側舞台，加入父親。）

（演員穿著四〇、五〇年代的衣裝，陸續由右側平台走進，他們個個手上提著老舊的皮箱、皮包、旅行袋，行走穿梭，來回進出。移民者絡繹不絕，香港人增多了。）

黃蝶娘　　一九四九年中國內戰接近尾聲，共黨軍隊逼近長江，由南京、上海、桂林、重慶到香港，民航機每天帶來大批乘客，從港九鐵路入境的更多。
　　　　　黃蝶娘的母親融融，也隨家人來到了香港。

（融融穿著白底紅碎花的背心洋裝，樣子有著上海小姐天真大方，也微帶著幾分少女的羞怯。她自左側舞台隨著輕快的音樂揚起走進場內，一見到威廉，兩人便相擁起舞。威廉盡量降低自己的姿態，輕擁著融融，但沒有一絲笑容。）

融融　　　威廉和融融在港大認識的，他外表太正經了。他心中有一種瘋狂，在學校屋頂上跟他做愛（雙雙轉

圈），在當時也不是爲了什麼驚世駭俗，是他心裡的那種好像馬上要爆炸的寂寞，叫人抵擋不住。

（此時黃威廉纏住融融的腰，向前傾，融融仰身望著他。）

黃蝶娘　　到了黃家第四代終於又有像我這樣的私生女。母親融融生下我之後，取名蝶娘。

融融　　　（繼續和黃威廉跳舞，轉圈時揚臉對觀眾）爲了我沒結婚就生蝶娘，在我父母的家中也掀起了不少的波動。父母要融融輟學，要融融別再出門給人看見，融融不上學了，但是大了肚子，還是溜去淺水灣游泳。

（蝶娘上前拍拍父親威廉的肩膀，示意要他離開，自己則摟著母親的腰，一起跳華爾滋。）

（以下母女的敘述，就在當時港製流行曲〈愛情的魔力〉音樂中邊舞邊說。）

黃蝶娘　　父親威廉在英國和 Elisabeth Noble 結婚，帶著香港人的譏笑、羨慕、忌妒和輕蔑，他還是按照計畫，娶了來自英國貴族血統的妻子。

黃威廉　　（他對女兒話中的諷刺似乎無動於衷，一派自豪且胸有成竹的樣子）黃威廉從牛津大學的華頓學院法律系畢業，除了膚色，他具備英國紳士的一切條件。

他四分之一的英國血液，只顯現在淡白的膚色上，輪廓則與黃種人幾乎無異。

黃威廉的補償方式是找一位倫敦閨秀結婚，他看準帶一位英國妻子回殖民地，對他日後的律師事業有利無弊。

黃蝶娘　　Yes, of course.

我出生時，颳著颱風，父親威廉坐著一台「的士」，隔著窗子，往醫院觀望，律師的謹慎性格使他不敢下車來看我，他日後送了一筆錢來。給我們退了回去。

（黃理查走向左側坐在沙發椅上。）

融融　　　（口氣溫和，似乎想緩和氣氛）蝶娘，妳記錯了，是妳祖父給的，妳祖父給妳好多的東西。（望了黃理查一眼，蝶娘也順著母親的眼光看過去）

黃蝶娘　　祖父他寵我，也許祖父和我同病相憐，（故意開祖父玩笑，黃理查苦笑，拍拍黃蝶娘）也許祖父年輕的時候，也想在外面跟別的女人生幾個小孩。

（此時融融背對觀眾，若有所思）其實，母親身邊不乏追求者，只是她也許還愛著父親黃威廉。

她抽屜裡有一個相片夾子，一面是我，一面是父

親，被我發現了，問她，她只是一笑。只有亞洲影后林黛出殯那一天，我才第一次見到母親流眼淚。

（融融挨近黃蝶娘，摟著她，像是朋友一般說著交心話。）

融融　　蝶娘是新派女性，還是對她父親威廉很不諒解，總是冷嘲熱諷的，對她的母親融融不哭不鬧，她也覺得不對。蝶娘，你不夠新派。

不過我本來就不想和他結婚，沒有那個 wife ——Miss Noble，我也不會嫁過去到那種家庭。威廉這個人太 intense，很緊張，事業心很重，他們一家人都是，都太緊張了。跟他們家人結婚就沒有自由，誰受得了？（融融說完，搖頭輕笑，往左側下，蝶娘目送母親離去之後，轉身蹲坐在祖父理查椅旁。）

黃威廉　　（坐在右側沙發，聲音刻意高揚宏亮）初見伊莉莎白Noble，傾倒於她的姓氏，以爲一定人如其姓。又聽她說起倫敦邦德街一間百年禮帽店，保存她父輩三代的禮帽尺寸，黃威廉向這位鼻子又瘦又尖的女人——高貴的象徵之一——求婚。女方家長不費吹灰之力查出黃家在香港的社會地位，默許了這樁婚事。

（Noble 自右上平台進，一襲灰底白邊，樣式正統的套裝，戴著白色蕾

絲手套，一手提著黑皮帽盒，一手拎著法官紅袍，不苟言笑的蹬著高跟鞋，叩叩叩地走下平台到威廉身邊，挺直身子站定。）

伊莉莎白　　　對她丈夫來說，Elisabeth 是個沉悶寡味的英國女人，但她在香港的日子可一點不沉悶。

初來香港就遇到廣東六十年來罕見的大旱災。當初 his grandmother 也在旱災的時候到她的愛人西恩修洛的旅館洗過澡。

伊莉莎白竟然得挾著換洗衣物，偷偷走近文華酒店的女用洗手間沐浴。

接著而來的豪雨、颱風、山崩，使她覺得香港的家沒有一處是安全的。

黎美秀　　　　天災之外是人禍，黎美秀又眼睜睜的看著兩次罷工的發生，六六年天星小輪加價；六七年左派大暴動。

（憤怒的工人學生們從左右兩邊衝上平台，有的踮高、有的蹲低做貼海報的樣子，然後靜止不動。）

憤怒的工人學生大字報貼到總督府，警察的直升機圍攻華豐國貨公司，香港陷於游擊戰式的恐怖，難道是報應？

（舞台上傳出許冠傑的名曲〈半斤八兩〉，曲風輕快，節奏感強烈。眾人

一式黑衣，不同的角色、身分，跳著簡單有力的舞步，由後向前。中間的工人代表及學生代表兩人，則邊跳邊講，熱情有勁。）

學生代表	經過大罷工之後，香港政府終於重視華人的力量。
	香港人要求中文成為法定語言，和英語有同等地位。
	港英政府開始啓用華人擔任公職，進入新殖民地主義時代，改變清一色由英國人壟斷的政府形象。
黃威廉	幾年後，黃威廉被委任為殖民政府高等法院的按察司，是終身制。
	他審理了一樁有名的貪污案件，達到了一生事業的顛峰。（他單腳跪地，Noble 拿起紅色袍子，加冕似地披在威廉身上，並打開帽盒幫威廉戴上英式法官假髮。）
學生代表	七〇年代中期，香港逐漸變成一處人人都有機會的地方。
	香港生活成為一種很多人都能享受到的生活經驗。

（黃蝶娘模仿眾人的舞步。）

工人代表	香港的經濟更向高峰，社會在改變的洪流令人不可忽視。

黃蝶娘	（黃蝶娘加入群眾，全台一起跳熱舞。只有黃理查坐著不動。）當遇上保釣運動時，港督戴麟趾在大門口遇到學生們手牽著手，圍堵港督府。他肯放下身段為一群學生改走側門，沒有採取鐵腕政策。

（群眾們開始變換隊形，朝著不同方向舞動，一中年婦女則一而再，再而三摔跤。她每一跌倒，立刻轉臉向觀眾看看。歌曲結束，眾人紛紛下場，僅剩這位婦人，她來回重複剛才的舞步，又摔跤在地，她往觀眾席注視著，面無表情的往左側離去。）

黃理查	黃理查身為社會顯達、華人領袖，和其他太平紳士一樣扮演的角色是向港督上情下達，下情上報，也算是撿盡好處……
黃蝶娘	罷工發生期間，祖父躲在渣甸山別墅不敢出門，他覺得自己未能防範事件於先，（理查無力地癱在椅子上），暴動發生後，又缺乏溝通平息的能力。 面對洶湧的工潮，祖父感到束手無策，他心裡不願承認自己已過時了。
黃威廉	看著父親不服輸、不服老，把頭髮染黑、梳得一絲不苟，常常和年輕的女職員用英語說笑話。
伊莉莎白	像很多香港家庭的老太爺一樣，對於兒子威廉娶白種媳婦，未必全然贊同，他只是覺得不好明講吧！

	但他竟然作主，把威廉私生的女兒接回來，還送到歐洲去唸書。（她憤怒地斜睨著威廉，隨即壓抑住情緒，轉為嘲弄似的口氣）對了！我無意中聽說，進歐洲那個學校，是他以前的白種情婦之一，無法完成的心願。
黃蝶娘	（一副新派女性說話的口吻，對於傳統觀念感到不可思議）我也聽說了！奇妙吧！所以祖父黃理查居然要我去念那個訓練淑女的新娘 school 。我才不希罕那些訓練舉止儀態的 garbage ，而且要我嫁給英國貴族，有沒有搞錯？
伊莉莎白	聽這種口氣，時代不同了。
	要是在上個世紀，黃蝶娘哪裡可能有說話的餘地？要是在上個世紀，威廉做這種有損殖民政府尊嚴和名譽的事，夫人們會馬上搭下一班船返回英國，不會再給他第二次機會的。
	如今，伊莉莎白除了挺直腰，抽著她又瘦又尖的鼻子，把在家裡也穿著皮鞋的腳後跟重重放下，在進餐時，進行冷戰之外，還是維持著法官夫人的頭銜，並不時回到香港，享有英國人在別處得不到的優越待遇。（她坐到沙發上）
黃威廉	但這樣的日子也真的不久了，時代還在繼續轉變，伊莉莎白一面盤算著舉家永久遷回英國的計畫，另

一方面竟也開口學了她二十幾年來第一句 Mandarin
（模仿伊莉莎白英國腔的說話方式，伊莉莎白驚叫站了
起來）：今天天氣如何？大家你們辛苦了。（伊莉
莎白跺腳憤而離去。）

我們也真的想過回英國，但英國不富足又不好玩，
（他無奈的坐下）去了也不能做什麼！

英國的英國人社會比香港的英國人社會，——還是
有差距。（摘下自己的法官假髮。）

黃蝶娘　黃家爸爸決定留下來，媽咪全家在外公決定到美國
去設廠的時候就移民走了。

父親留下我，我跟他講和囉！把我送到渣甸山的祖
父母家。（捉狹的語氣，有點洋洋得意）嚇壞了祖母
黎美秀，她三天三夜不能闔眼，見著我，像見到了
一個滔天大罪的副產品。

在學校裡一作怪，他們黃家就雞飛狗跳。祖父理查
主張送我到歐洲去，他對我還不死心，想把我調教
成淑女。

黃理查　花了很多錢，買了不少新衣服，結果書也不念了，
跑到倫敦去演戲。

黃蝶娘　平生無大志，就愛兩件東西：做愛和出風頭。（她
撩起頭髮，展現媚態）黃蝶娘的演技有曾祖母的遺
傳，可惜演賽珍珠《大地》的農婦沒人看，我一穿

	高叉旗袍扮蘇絲黃就爆滿。（她刻意輕撫自己腿部曲線，指尖停留在翹高的臀部上。）
黃理查	（皺著眉，無奈地）你演個蘇絲黃幹什麼？演個——莎士比亞不是很好嗎？
黃蝶娘	（咯咯笑）黃黎美秀女士喜歡捐款給藝術團體，祖父陪著她去出席首演酒會。穿著高貴的西裝，讓那些英國女人被他吸引過去，圍在他身邊，跟他眉來眼去。 父親更偉大，他買票請好多人看北京人藝的《茶館》。那時候他們那批高級的香港人，連普通話都還聽不懂。

（一群身穿各式黑衣的香港人手提行李，三三兩兩自右側舞台往左側斜前方走去。）

年輕人	八九年之後，很多人想要離開香港。到各領事館門口排隊，賣樓、申請移民，也忙著給親朋好友送行。
友人	（拉著登機箱交付給蝶娘）從前大陸人千方百計偷渡到香港。現在大家又千方百計去弄個國外護照，跑到外國了！
黃蝶娘	Daddy, you take care.

黃威廉	跟妳的……外婆，問聲好。
	又要走了？去哪裡啊？美國啊？不要回來算了。
黃蝶娘	（調侃地）老豆，你現在跳什麼舞？馬照跑、舞照跳，五十年不變，還是你也轉軌學新歌了？東方紅？（她故意提高聲調，揮動著拳頭，模仿中國人民唱愛國歌曲的一號表情）還是「沒有共產黨，就沒有新中國」，「沒有共產黨，就沒有新中國」，……。
黃威廉	（有點尷尬，不自然的起身）愛國就是愛香港嘛。
黃蝶娘	是的，愛國人士。
黃威廉	黃蝶娘總是取笑她的老豆，黎美秀又成天為兒子嘆氣祈禱？
	一輩子都在做英國人，現在好了，又要做中國人，以後是中國人的天下。
	香港景氣好的不得了，重要的人都來香港投資，回歸之後還會更好。
	（他與蝶娘相偕走向理查）
黃蝶娘	很多人跑出去又跑回來了。

（眾香港人像影片倒帶一樣的，提著大包小包行李，自左舞台倒退走回右側，眾人下。）

黃理查	我們這種人是不會離去的。我九十幾歲啦！我看多

啦！那些人到底沒有經歷過什麼風浪，香港最好景的時候，他們偏偏跑去不景氣的加拿大、澳洲，當然虧錢囉！

黃蝶娘　　黃家人在香港白手起家，曾祖母、祖父、父親，每一代都順應潮流，賺錢、賺錢，賺得不得了。

我對賺錢沒興趣，好像在香港生不了根。幸好，香港除了黃家，還有其他的香港人。

（理查緩緩往右側走出，威廉亦跟隨其後，蝶娘目送著祖父和父親離去後，走回舞台中央。

〈終曲〉的管絃樂聲微微傳入，燈光轉變。）

黃蝶娘　　（抬起頭，對觀眾訴說香港故事的最後一段，好像回到開場的她）

六四之後的燭光晚會，（此時在《造妻記》中飾演丑角男僕的演員，自舞台左後側走進，他手上拿了兩支圈著紙燭托的白蠟燭，順手遞一支給蝶娘）我認識了那批做劇團的年輕人。

六月三日的晚上，他們正在做一齣莫里哀的喜劇《造妻記》。

劇團演員　　在台前嘻嘻哈哈，到後台看到電視，氣憤、難過，又要回到台上去笑，好苦。

（他說完話後便在台上席地坐下，之後這群劇團的老友和其他的香港人，陸陸續續由不同的方向走進，大家三三兩兩聚坐在一塊，道出自己心底對香港變遷的感受或期許，其中也好像有兩三位是英國來的香港人。）

小學老師　　（原飾演女姜俠魂之一）我不相信解放軍會開槍。大家本來以爲中國有希望，所以太 shock 了！

記者　　　　（原飾演雙節棍姜俠魂）香港一直被說成冷漠的城市，那時候大家互相的期許、尊重和希望，變成我一生最大的經驗和際遇，讓我後來能看到那麼多。

工人　　　　（原飾演疫區居民）就是因爲發生了六四，我才決定不走，留下來，看我能做什麼？

黃蝶娘　　　（也跟著坐下）一個月後，我們這些人在一起又做了一齣戲──《又試革命》。以法國大革命中的《丹頓之死》來對比六四。
　　　　　　一年之後又聚在一起做了《再試革命》。在舞台重溫一些我們共同的聲音……

（再有兩位劇團的人進來，一位曾扮疫區居民，另一位曾是霞姑）

記者　　　　歷史會記得你，但人類是健忘的。

道具管理　　我們不做，誰做？

中學老師　　　我們不叫，誰叫？

（更多的上來了。有人將雙人沙發椅移至右側角落，場上形成更寬敞的空間，讓大家環圍而坐。）

舞蹈家　　　（起身，略向前走）九七越近，尋根的感覺越強，香港的過去好像埋在土地底下。
　　　　　　我們舞團想把以前的東西從泥土中翻出來，可不可以在九七以前，尋回已失去的東西？
　　　　　　所以就做了一個與泥土有關的實驗舞展，就在新界，我出生的地方。

道具管理　　離屈亞炳的家鄉不太遠。

舞蹈家　　　那塊空地原來是演神功戲的，再過幾個月就要開發去蓋房子了，多可怕，土地都不見了。

道具管理　　所以你也會留下來。

公司職員　　（原為武生裝扮的姜俠魂）其實一般草根市民，沒有什麼恐慌，也沒有什麼辦法。

銀行職員　　（曾扮亞興婆）只是擔心人口會增加的很快。

劇團舞監　　（曾扮英國軍官）治安可能有問題。

劇團行政　　（曾扮屈亞炳）廉政公署大概要從窗口飛出去了，開始走後門。（眾人輕笑）

英國人 A　　（曾是西恩修洛，在此是常駐香港的英國商人）我對香

港人有信心。

英國人 B 　（曾是亞當史密斯，在此是長住香港的英國作家）香港人一直活在壓力下，不斷地在改變，在進步。

有些英國人在香港也住了好幾十年，他們適應了難以理解的文化和語言障礙。也有人想待下來，成為香港的一部分。

英國人 A 　但是英國人總歸是會回去的，錢幣上的女王頭不見了，變成洋紫荊，街道的名稱大概總有一天會統統換掉。

（飾演倚紅的女演員此時進場，也是一身黑衣，她拿著點燃的蠟燭，將燭火一個接一個的引燃給在場的每一個人。

舞台上的燈也漸暗，眾人手中的燭光亮起，映著每一張臉，氣氛更顯溫暖。）

劇團女演員 　（曾是英國貴婦）我的根就是在 Hong Kong ，誰說香港人沒有根？

學生男一 　香港人就是香港人。

學生男二 　香港人是世界公民。

學生男三 　香港人是中國人。

學生男四 　香港人是香港人。

學生女一 　大家都是地球人。

學生男一　　　香港人不是世界公民；香港人不是地球人；香港人不是中國人。

學生男四　　　我還是認同中國，記得我是中國人，心裡還是有這個根。

學生男五　　　但不是天天放在口上，對啦！並不是沒有根，而是天天忙著賺錢。

學生女二　　　回歸中國之後，我只希望大家吃得飽一點，知識水準提高一點。

學生女三　　　我們這一輩在香港出生的，不會停下來，也不會逃避。想看看會發生甚麼事，否則就等於白活了。

學生男六　　　我捨不得香港的一切。

（眾人靜止片刻。）

學生男二　　　如果有另一個六四在 Hong Kong 發生，我也只有接受我的命運。

（眾人靜止。）

學生女四　　　不要緊，到時候姜俠魂還是會出現。（眾人又一陣輕笑）

劇場工作人員　別傻了，還在想姜俠魂。

（舞台後方燈光微亮，一陣搖櫓聲傳來，黃得雲穿著在倚紅閣時的鵝黃綢緞衣裳，自右側平台走上。她理理鬢髻和鬢邊的花，經過舞台中央時，深深的看著台中坐著談話的香港人，再抬頭往觀眾席方向望了一眼。

參加燭光晚會的人們，三三兩兩的成聚談天，但觀眾只看到他們在燭光搖曳的舞台上輕聲交談的畫面，卻沒有再聽到他們的聲音。

得雲走到平台左端停住腳，不捨的回身，向台前凝望，大幕緩緩落下。）

附錄

血染的風采

也許我告別，將不再回來，
你是否理解，你是否明白。
也許我倒下，將不再回來，
你是否還要永久的期待。

也許我的眼睛，再不能睜開，
你是否理解，我沉默的情懷。
也許我長眠，再不能醒來，
你是否相信，我化作了山脈。

如果是這樣，你不要悲傷，
共和國的旗幟上有我們血染的風采。
如果是這樣，你不要悲哀。
共和國的土壤裡有我們付出的愛。

半斤八兩

（半斤八兩主題曲）

曲、詞：許冠傑

我哋呢班打工仔

通街走糴直頭係壞腸胃

搵個些許到月底點夠洗（冇過鬼）

確係認真溼滯

最弊波士郁底發威（癲過雞）

一味喻處係喺係就亂嚟吠

嗍親加薪塊面撐起惡睇（扭吓計）

你就認真開胃

（半斤八兩）　做到隻積咁嘅樣

（半斤八兩）　溼水炮仗點會響

（半斤八兩）　夠薑呀揸鎗走去搶

出咗半斤力　想話攞番足八兩

家陣惡搵食　邊有半斤八兩咁理想

（吹漲）

我哋呢班打工仔

一生一世為錢幣做奴隸

個種辛苦折多講出嚇鬼

（死俾你睇）

咪話冇乜所謂

（半斤八兩）　就算有福都冇你享

（半斤八兩）　重慘過淥水闊豬腸

（半斤八兩）　雞啐咁多都要啄

《記得香港》暨97香港文化藝術討論會

五 月 十 六 日 （五）		
時　　　間	議　　　題	主　講　者
1:10～1:30	開幕式	邱坤良 先生
1:30～2:00	香港政經專題	周世雄 先生
2:00～2:30	香港新聞媒體專題	司馬文武 先生
2:30～3:00	香港文學專題	陳芳英 女士
中　場　休　息		
3:10～3:40	八〇年代後期香港新電影	黃建業 先生
3:40～4:10	香港視覺藝術與服裝設計	葉錦添 先生
4:10～5:00	從鹿港到香港	施叔青 女士

五 月 十 七 日 （六）		
時　　　間	議　　　題	主　講　者
1:10～1:30	香港空間設計與建築	黃永洪 先生
1:30～2:00	香港音樂專題	鍾耀光 先生
2:00～3:30	表演藝術座談： 「與香港團體合作經驗談」	王　　月 女士 古名伸 女士 平　珩 女士
中　場　休　息		
3:40～5:10	「香港團體演出的觀察」	平路女士及台灣 文化觀察者引言

※ 香港文化藝術討論會會場：國立藝術學院戲劇系實驗劇場T305。
※ 討論會後，每日5：10～5：40將舉行校園導覽及後台之旅，由簡立人先生帶領，觀眾可自由參加。

香港歷史大事年表

214BC （秦始皇） 設南海、桂林、象郡三郡，香港屬南海郡番禺縣。

119 （漢武帝） 實行鹽鐵專賣，番禺設鹽官。香港地區鹽場歸其管轄。

331AD （東晉） 香港地區屬東莞郡寶安縣。

590 （隋開皇） 東莞郡被廢，香港地區屬廣州府寶安縣。

757 （唐肅宗） 香港改屬廣東郡東莞縣。屯門為中國南方水路交通要道。

917 （南漢高祖）駐軍數千保護和監管採珠業。

1197 （南宋） 大嶼山鹽民以高登為首爆發起義，後被殘酷鎮壓。

1227 （南宋景炎）宋端宗趙昰及大臣張世杰等移駐九龍。

1394 （明洪武） 鎮兵於佛堂門、龍船灣、大澳等汛地。

1514 （明正德） 葡萄牙人侵入屯門，設軍營。

1521 廣東海道副使汪鋐率當地軍民擊退葡人。

1573 （明神宗） 香港改屬廣東府新安縣。

1623 （明天啟） 荷蘭軍艦入侵佛堂門，新安縣知縣陶學修率軍民打退。

1661 （清順治） 為斷沿海居民與反清明將鄭成功聯繫，沿海居民內遷五十里，並禁出海。香港地區全屬內遷範圍。

1660	（康熙）	新安縣又併入東莞縣。廢海禁令，香港居民陸續遷回。
1683		英國東印度公司在大嶼島停船兩個多月。
1806	（嘉慶）	沿海海盜活動猖獗。東印度公司派員探勘沿海地區繪製香港地圖。
1811		防止海盜及西方殖民主義入侵加強海防。設砲台、兵房、火藥局等。
1830	（道光）	英商聯名上書要求佔領中國沿海一處島嶼。
1834		英國駐廣東貿易監督律勞卑向英國表示要用武力佔據珠江口東面的香港。
1836		英商貿易監督戴維斯等宣布要「永久在香港設站」。
1837		英船大量集中於尖沙咀，並私自上岸建居留地。
1839		林則徐奉旨到廣東查禁鴉片。英商被迫交出鴉片後，商務監督義率要求英派軍隊侵華。
		英水兵在九龍尖沙咀擾亂居民。
		英開砲轟九龍山。
		英軍又探尖沙咀被清軍擊回。
1840		英國「遠征軍」從印度抵中國。鎖珠江、攻廈門、陷定海，直抵天津河口。
		道光下令將林則徐革職，由琦善接任兩廣總督與英談判。
		琦善與義率私定《穿鼻草約》。

1841	英軍在香港舉行佔領儀式。
	英國宣布香港島歸英國管轄。
	宣布香港為自由港。公開拍賣維多利亞灣四十幅地段。
	渣甸洋行第一間貨倉在銅鑼灣落成。
1842	建築第一條馬路皇后大道。
	英軍犯長江、陷上海、直逼南京，清政府簽下《南京條約》。
	香港裁判司威廉堅頒布宵禁令，禁止華人夜行。
	郵政局正式創立。
1843	成立香港法庭。
	規定華人晚上須帶燈籠外出，以示識別，10時後禁止外出。
	砵甸查就任第一任總督。香港正式成為英國殖民地。
1844	第二任總督約翰戴維斯抵港。
	規定華人在晚上9時至11時外出須提燈籠，並帶通行證。
	頒布「禁止賭博條例」。
1845	規定華人晚上9時後非有特別護照不准行駛船隻。
1846	政府公開執行笞刑。
1847	開始抽收小販牌照稅。
	渣甸洋行首腦馬地臣呼籲英國促使香港改變政策，恢

復香港繁榮。

1848	第三任總督喬治般含抵港。香港人口已達23,998人。設立香港公共醫院。
1849	徐亞保以長茅刺死在赤柱打傷村民的英軍。
1850	熱病流行。
1854	第四任總督約翰保陵抵港。太平軍在廣州附近起義。
1855	太平天國軍隊攻勢加強，英增兵香港並要求清軍與太平軍退出香港界外作戰。
1856	第二次鴉片戰爭。
1857	毒麵包事件，400人中毒，51名麵包工人被捕。販運華工出洋的「豬仔館」合法化。
1858	簽訂《天津條約》。
1859	第五任總督夏喬士羅便臣抵港。
1860	英法聯軍攻佔北京，簽訂《北京條約》。割讓九龍。
1862	銅鑼灣避風塘開始興建。第一次發行香港郵票。
1863	香港首次發行硬幣。
1865	香港設立教育局。
1866	第六任總督里查麥當奴抵港。香港掀起擠提風，11家銀行中有6家倒閉。
1867	從印度招募錫克教徒100人來港當警察（俗稱紅頭阿

三）。

1869	賭館合法化後，賭稅激增。華商籌建慈善機構東華醫院。
1872	第七任總督阿瑟堅尼地抵港。
1873	華人獨立創辦第一份中文報《循環日報》。
1876	港督要求港府官員學習中文，並邀請有地位華商參加社交活動。
1877	第八任總督約翰波普軒尼斯抵港。
1879	康有為抵港。
1881	港島首次裝設電話。
	立法局通過華人歸化案，華人可申請加入英國籍。
1883	第九任總督寶雲抵港。
1884	香港立法局開始設有華人議員、委員會成員及太平紳士。
1886	兩廣總督張之洞奏請清政府在香港設立領事。
1887	第十任總督威廉·德輔抵港。
	山頂纜車全線通車。
	香港西醫書院開學，孫中山為兩名中國學生之一。
1890	開始向市民供電。香港鴉片稅收447,600元。
1891	第十一任總督威廉·羅便臣抵港。
	中區填海工程開始實行。
1893	港府貸款20萬磅，維持公共建設。

1894	香港流行黑熱病。
1895	孫中山在港設興中會總部，組織廣州起義。
1896	港都羅便臣下令驅除孫中山。孫中山在日本提出抗議。
1897	立法局通過議案，廢除1843年實施的宵禁，華人從此夜行不受限制。 第一家棉織廠正式開工。
1898	《拓展香港界址專條》在北京簽署，將深圳河以南，界限街以北租給英國，以99年為期。 第十二任總督亨利‧卜力抵港。
1899	港督派人接管新界，人民激烈反抗，英軍砲轟錦田鄉吉慶圍，傷害無辜百姓。 英軍藉口當地人民反抗，強佔九龍城，並佔領深圳達半年之久。
1901	香港成為「八國聯軍」進攻中國的軍隊後勤基地。
1903	中華電力公司成立。
1904	第十三任總督馬太‧彌敦抵港。 完成中區填海工程，增闢遮打道、干諾道、德輔道等。
1906	以防瘧疾為名，劃尖沙咀至九龍之間達二萬英畝地段為歐洲住宅區，限制華人進入居住。
1907	第十四任總督佛力得烈‧盧押抵港。

	香港人口突破四十萬，華人395,818人。
1911	黃興於跑馬地成立革命軍統籌部，籌備廣州起義，失敗後七十二烈士埋在黃花崗。
	廣九鐵路全線通車。
	香港大學正式開學，錄取新生七十餘人。
1912	第十五任總督佛蘭西斯‧梅軒利抵港。
1914	一次世界大戰在歐洲爆發，香港華人約十萬陸續返回內地鄉下。
1915	英國參加歐戰，要求香港徵收「戰稅」支持英國，全港一致反對，後改為發行戰爭公債。
1919	第十六任總督列金諾‧史塔士抵港。
1921	香港當局禁止市民祝賀孫中山在廣州就任大總統。中華民國政府外交部提出抗議，港督向中華民國政府道歉。
1922	沙田慘案。
1923	實施雇用童工條例。通過蓄奴條例。
1925	沙基慘案。全港工人全面示威、罷工。
	第十七任總督薛西爾‧金文泰抵港。
1926	長達16個月的罷工結束。
1927	魯迅在香港青年會演講。
1928	啓德機場正式啓用。
	半島酒店開幕。

1930	第十八任總督威廉貝璐抵港。
1932	香港大旱。每天早晚供水一小時。
1935	中國實行改革幣制,以法幣代替銀元。香港直接發行港幣,從此港幣與中國銀元中止聯繫。 第十九任總督安德魯‧郝德杰抵港。
1936	泛美及中國航空公司開闢東西新航線至香港,香港成為遠東新空運中心。
1937	七七蘆溝橋事變,大批中國難民流入香港。 霍亂流行。 第二十任總督葛符萊‧羅富國抵港。
1938	抗日救亡運動激烈展開。
1941	第二十一任總督艾金生‧楊幕綺抵港。 日空軍突襲啓德機場,並由深圳進入新界、九龍,包圍香港。12月25日港督向日軍投降。
1942	日軍大量驅散華人離港。命灣仔大佛口居民遷出,以興建五百間慰安所。
1943	宣布停用港幣。
1944	日偽港督磯谷廉介調任臺灣行政司長,改派南支派遣軍司令田中久一出任總督。
1945	盟軍轟炸廣州香港日軍基地。 夏慤以港督身分代表英國政府和中國代表潘國華、美國代表威廉臣、加拿大代表凱氏在港督府正式接受香

港日軍投降。

1946	楊慕琦返港，復任香港總督。
1947	第二十二任總督亞歷山大・葛量洪抵港。
1949	實施「人口登記法」，實行「香港身分證」制度。
	廣州解放前夕，黃金流入香港，一週達五、六萬兩。
1951	港府宣布實施邊境封閉區域命令。
	香港第一個廉租屋村——北角模範村建成。
1953	完成銅鑼灣填海計畫，建成今日維多利亞公園。
1958	第二十三任總督柏立基抵港。
1961	深圳水庫開始向香港供水。
1964	第二十四任總督戴麟趾抵港。
	香港掀起學中文、用中文運動的熱潮。
1965	洋紫荊被選為香港市花。
1969	香港大學學生掀起改革大學運動。
1970	政府批准教師、警察男女同酬。
	十七名學生團體舉行公開論壇，要求港英政府接納中文為法定語文。
1971	保釣運動在港展開。
	小學實施免費教育。
	第二十五任總督麥理浩抵港。
1972	英國與中國建交，撤銷在台灣官代表機構。
1974	反貪污部脫離警方獨立，改組成立為廉政專員公署。

1975	地鐵動工興建。
1978	實施九年免費教育。
	香港財政收入突破百億大關。
1979	麥理浩訪北京，探詢「九七」。
1982	香港設立區議會，僅25萬人投票選舉議員。
	第二十六任總督英駐華大使尤德抵港。
	英首相戴卓爾夫人訪北京。
1983	許家屯出任新華社香港分社社長。
1984	趙紫陽對香港問題提出「一國兩制」及「五十年不變」。
1985	香港基本法起草委員成立。
1986	香港人口達552萬人。
1987	第二十七任總督衛亦信抵港。
1989	「香港市民支援愛國民主運動聯合會」成立，聲援天安門事件。
1992	第二十八任總督彭定康抵港。
1997	香港特區回歸中華人民共和國。董建華出任行政首長。

國家圖書館出版品預行編目資料

記得香港／汪其楣著——初版——臺北市：
遠流，2000〔民89〕
面；　　公分——（戲劇館）

ISBN 957-32-3910-8（平裝）

854.6　　　　　　　　　　　　89000545